ІВАН ФРАНКО

ЗАХАР БЕРКУТ

ОБРАЗ ГРОМАДСЬКОГО ЖИТТЯ

КАРПАТСЬКОЇ РУСІ В XIII СТОЛІТТІ

УКРАЇНСЬКА БІБЛІОТЕКА

Українська Бібліотека
ЗАХАР БЕРКУТ
Образ громадського життя

Карпатської Русі в XIII столітті
ІВАН ФРАНКО

Ukrainian Library
ZAKHAR BERKUT
The image of public life of Carpathian Rus

in the thirteenth century
IVAN FRANKO

Ілюстрація до обкладинки *Захар Беркут* Іван Падалка (1932)
Вступ © 2023, Glagoslav Publications
Про автора © 2023, Glagoslav Publications
Видавці Максим Ходак і Макс Мендор

Cover Illustration *Zakhar Berkut* by Ivan Padalka (1932)
Introduction © 2023, Glagoslav Publications
About the author © 2023, Glagoslav Publications
Publishers Maxim Hodak and Max Mendor

www.glagoslav.nl

ISBN: 978-1-80484-031-3

ІВАН ФРАНКО

ЗАХАР БЕРКУТ

ОБРАЗ ГРОМАДСЬКОГО ЖИТТЯ
КАРПАТСЬКОЇ РУСІ В XIII СТОЛІТТІ

GLAGOSLAV PUBLICATIONS

ЗМІСТ

ПРО АВТОРА

Іван Франко (1856-1916) – видатний український письменник, поет, громадський і культурний діяч, перекладач і громадський діяч, який вніс значний внесок у розвиток української літератури та культури загалом. Він народився у сім›ї священника в містечку Нагуєвичі на Галичині, тоді частині Австро-Угорщини. Франко вчився в гімназії в містах Дрогобичі та Коломия, Письменник навчався у Львівському університеті, а потім у Чернівецькому, де й здобув вищу освіту. Згодом захистив дисертацію у Віденському університеті, діставши науковий ступінь доктора філософії.

Після повернення в Україну він почав працювати журналістом та писати літературні твори. Франко став одним з найвідоміших літераторів України свого часу. Його творчість охоплює різні жанри, від лірики та епосу до драми та прози. Він написав понад 50 тисяч сторінок творів на українській мові, а також перекладав твори іноземних письменників на українську мову. У своїх творах Франко змальовував реалії українського життя, викривав соціальні та національні проблеми свого часу, розвивав ідеї національної свідомості та громадськості.

Іван Франко був не тільки талановитим письменником, але й активним громадським діячем. Він працював у різних організаціях, що боролися за національну самобутність та права українського народу. Він також був засновником і активним членом наукових товариств, що займалися вивченням української мови, культури та історії.

У своїй громадській діяльності Франко був активістом руху за національне відродження українського народу та за зміцнення соціальної справедливості. Він став одним з лідерів української національно-демократичної партії та активно брав участь у її роботі.

Франко був підданий політичних переслідувань, але він не здався і продовжував свою роботу, зберігаючи вірність своїм ідеалам.

Іван Франко залишив по собі великий літературний доробок, який має величезне значення для української культури та літератури в цілому. Найвідоміші твори: поетичні збірки "З вершин і низин", "Зів'яле листя", поема "Мойсей", повість "Захар Беркут", драма "Украдене щастя".

ВСТУП

"Захар Беркут" - це історичний роман Івана Франка, який був опублікований в 1891 році. Це твір про життя гірських карпатських людей в XVIII столітті, їхню боротьбу за свободу та незалежність, про протистояння між підкореними турками та українськими гірниками-вільняками. Це історія Захара Беркута - героя, який виступає на захист своїх суплементів і бореться проти сили полоняння та винищення української культури і традицій. Роман є яскравою ілюстрацією того, як сильний дух нації та її бажання жити свободно можуть перемогти будь-які перешкоди та негаразди. Це дійство, наповнене пригодами та трагізмом, насичене психологічними портретами персонажів та живими описами краси карпатських гір, що робить книгу по-справжньому захоплюючою для читачів будь-якого віку та інтересів.

Франко створив непересічний роман, в якому майстерно зображено життя карпатських гуцулів, їхні звичаї, традиції та спосіб життя. Роман про часи, коли на теренах Закарпаття, у горах, ще гартувалась національна свідомість українського народу, а політичні інтриги та амбіції шляхти переважали над правами простого люду.

Автор описує сувору красу карпатських гір, яка захоплює своєю величчю та неповторністю. Франко створив цікавих та глибоких персонажів, кожен з яких має свій характер та своє місце в історії.

"Захар Беркут" - це книга, яка надихає, змушує задуматись про своє місце в історії та про те, що наше минуле впливає на наше майбутнє. Цей твір зрозумілий та цікавий для будь-якої людини, яка цінує відомості про історію свого народу та має бажання пізнавати його культуру та традиції.

ЗАХАР БЕРКУТ

I

Сумно і непривітно тепер в нашій Тухольщині! Правда, і Стрий, і Опір однаково миють її рінисті, зелені узберіжжя, луги її однаково покриваються весною травами та цвітами і в її лазуровім, чистім повітрі однаково плавле та колесує орел-беркут, як і перед давніми віками. Але все інше як же змінилося! І ліси, і села, і люди! Що давно ліси густі, непрохідні закривали майже весь її простір, окрім високих полонин, сходили вдолину аж над самі ріки,– тепер вони, мов сніг на сонці, стопилися, зрідли, змаліли, декуди пощезали, лишаючи по собі лисі облази; інде знов із них остоялися лише пообсмалювані пеньки, а з-між них де-де несміло виростає нужденна смеречина або ще нужденніший яловець. Що давно тихо тут було, не чути ніякого голосу, крім вівчарської трембіти десь на далекій полонині або рику дикого тура чи оленя в гущавинах,– тепер на полонині гейкають волярі, а в ярах і дебрях галюкають рубачі, трачі й гонтарі, ненастанно, мов невмирущий черв, підгризаючи та підтинаючи красу тухольських гір – столітні ялиці та смереки, і або спускаючи їх, потятих на великі ботюки, долі потоками до нових парових тартаків, або таки на місці ріжучи на дошки та на гонти.

Але найбільше змінилися люди. Зверха глянувши, то немовби змоглася між ними "культура", але на ділі виходить, що змоглося тільки їх число. Сіл і присілків більше, хат по селах більше, але зате по хатах убожество більше і нужда більша. Народ нужденний, прибитий, понурий, супроти чужих несмілий і недотепний. Кождий дбає тільки про себе, не розуміючи того, що таким робом роздроблюються їх сили, ослаблюється громада. Не так тут колись було! Хоч менше народу, та зате що за народ! що за життя кипіло в тих горах, серед тих непрохідних борів у стіп могутнього Зелеменя! Лиха доля довгі віки знущалася над тим народом. Тяжкі удари підкопали його добробит, нужда зломала його свобідну, здорову вдачу, і нині тільки неясні, давні спомини нагадують правнукам щасливіше життя предків. І коли часом стара бабуся, сидячи в запічку та прядучи грубу вовну, почне розповідати дрібним унукам про давню давнину, про напади монголів-песиголовців і про тухольського ватажка Беркута,– діти слухають тривожно, в їх сивих оченятах блискотять сльози. А коли скінчиться дивовижна повість, то малі й старі, зітхаючи, шепчуть: "Ах, яка ж то красна байка!"

– Так, так,– говорить бабуся, похитуючи головою,– так, так, дітоньки! Для нас то байка, а колись то правда була!

– А не знати, чи вернуться ще коли такі часи,– закидає дехто старший.

– Говорять старі люди, що ще колись вернуться, але, мабуть, аж перед кінцем світа.

Сумно і непривітно тепер в нашій Тухольщині! Казкою видається повість про давні часи і давніх людей. Вірити не хотять нинішні люди, що виросли в нужді й притиску, в тисячолітніх путах і залежностях. Але нехай собі! Думка поета летить у ті давні часи, оживляє давніх людей, а в кого серце чисте і щиро-людське чуття, той і в них побачить своїх братів, живих людей, а в життю їх, хоч і як неподібнім до нашого, догляне не одно таке, що може бути пожадане і для наших "культурних" часів.

Було се 1241 року. Весна стояла в тухольських горах.

Одної прегарної днини лунали лісисті пригірки Зеленя голосами стрілецьких рогів і криками численних стрільців.

Се новий тухольський боярин, Тугар Вовк, справляв великі лови на грубу звірину. Він святкував почин свого нового життя,– бо недавно князь Данило дарував йому в Тухольщині величезні полонини і ціле одно пригір'я Зеленя; недавно він появився в тих горах і побудував собі гарну хату і оце першу учту справляє, знайомиться з довколичними боярами. По учті рушили на лови в тухольські ліси.

Лови на грубого звіра – то не забавка, то боротьба тяжка, не раз кровава, не раз на життя і смерть. Тури, медведі, дики – се небезпечні противники; стрілами з луків рідко кому удасться повалити такого звіра; навіть рогатиною, яку кидалось на противника при відповіднім приближенню, нелегко дати йому раду. Тож остатньою і рішучою зброєю було важке копіє, яким треба було влучити противника зблизька, власноручно, з цілою силою, відразу. Схиблений удар – і життю борця грозила велика небезпека, коли йому не вдалось в остатній хвилі сховатись у безпечну криївку і добути меча або тяжкого топора для своєї оборони.

Не диво, отже, що Тугар зі своїми гістьми вибирався на лови, мов на війну, з запасом стріл і рогатин, зі слугами й запасами живності, навіть з досвідним знахарем, що вмів замовляти рани. Не диво також, що Тугар і його гості були в повній рицарській зброї, окрім панцирів, бо ті спиняли би їх у ході по ломах та гущавинах. Те тільки диво, що й Тугарова донька Мирослава, не покидаючись батька, посміла також вирушити разом з гістьми на лови. Тухольські громадяни, видячи її, як їхала на лови посеред гостей, гордо, сміло, мов стрімка тополя серед коренастих дубів, з уподобою поводили за нею очима, поговорюючи:

– От дівчина! Тій не жаль би бути мужем. І певно, ліпший з неї би був муж, ніж її батько!

А се, певно, була немала похвала, бо Тугар Вовк був мужчина, як дуб. Плечистий, підсадкуватий, з грубими обрисами лиця і грубим, чорним волоссям, він і сам подобав на одного з тих злющих тухольських медведів, яких їхав воювати. Але ж бо й донька його Мирослава була дівчина, якої пошукати. Не кажемо вже про її уроду й красу, ані про її добре серце – в тім згляді багато її ровесниць могло стати з нею нарівні, хоч і небагато могло перевищити її. Але в чім не мала вона пари між своїми ровесницями, так се в природній свободі свого поводження, в незвичайній силі мускулів, у смілості й рішучості, властивій тільки мужчинам, що виросли в ненастанній боротьбі з супротивними обставинами. Зараз з першого разу видно було, що Мирослава виросла на свободі, що виховання її було мужеське і що в тім прегарно розвиненім дівочім тілі живе сильний, великими здібностями обдарований дух. Вона була в батька одиначка, а до того ще зараз при народженню втратила матір. Нянька її, стара мужичка, відмалку заправляла її до всякої ручної роботи, а коли підросла, то батько, щоб розважити свою самоту, брав її всюди з собою і, щоб задоволити її палку натуру, привчив її владати рицарською зброєю, зносити всякі невигоди і сміло стояти в небезпеках. І чим більші трудності їй приходилось поборювати, тим охітніше бралась вона за діло, тим краще проявлялася сила її тіла й її рішучого, прямого характеру. Але попри все те Мирослава ніколи не переставала бути женщиною: ніжною, доброю, з живим чуттям і скромним, стидливим лицем, а все те лучилось в ній у таку дивну, чаруючу гармонію, що хто раз бачив її, чув її мову,– той довіку не міг забути її лиця, її ходу, її голосу,– тому вони пригадувались живо і виразно в найкращих хвилях його життя, так, як весна навіть старому старцеві пригадує його молоду любов.

Вже третій день тривали лови. Багато, оленів-рогачів і чорногривих турів лягло головами від стріл і ратищ боярських. Над шумним гірським потоком, на зеленій поляні серед ліса стояли шатри ловців, курилися раз у раз величезні огнища, де висіли на гаках кітли, оберталися рожни, де варилось і пеклось м'ясиво вбитої дичини для гостей. Нинішній, останній день ловів мав бути посвячений самому головному, та заразом і найбільше небезпечному ділу – ловам на медведів.

На стрімкім пригірку, відділенім від інших страшними дебрями, порослім густо величезними буками та смереками, покритими ломами й обвалищами дерев, було віддавна головне леговище медведів. Тут, як твердив тухольський провідник, молодий гірняк Максим Беркут, гніздилася медведяча матка. Відси дикі звірі розносили постах на цілу околицю і на всі полонини. І хоч не раз удавалось смілим вівчарям забити одного або другого стрілами та топорами або завабити під сліп, де йому ламала крижі важка колода, спадаючи вниз,– то все-таки число їх було надто велике, щоб із того була значна полегша для околиці. То й не диво, що, коли новоприбулий боярин Тугар Вовк оповістив тухольцям, що хотів би зробити великі лови на медведів і просить дати йому провідника, вони не тільки дали йому на провідника першого удальця на всю тухольську верховину, Максима Беркута, сина тухольського бесідника Захара, але, крім того, вирядили з власної волі цілий відділ пасемців з луками й ратищами для помочі зібраним боярам. Ціла та громада мала обступити медведяче леговище і очистити його доразу від поганого звіра.

Від самого досвіта в ловецькім таборі великий рух і тривожне дожидання. Боярські слуги від півночі звивалися, приготовляючи для гостей їду на цілий день, наповнюючи шипучим медом і яблучником подорожні боклаги. Тухольські пасемці й собі готовились, острячи ножі та тесаки, обуваючи міцні жуброві постоли і складаючи в невеличкі дорожні бисаги печене м'ясо, паляниці, сир і все, що могло понадобитися в цілоденній трудній переправі. Максим Беркут який аж нині, супроти найважнішого і найтяжчого діла, почув себе вповні самим собою, вповні начальником сеї невеличкої армії, заряджував з правдиво начальницькою вважливістю й повагою все, що належало до діла, нічого не забуваючи, ні з чим не кваплячись, але й ні з чим не опізнюючись. Все у нього виходило в свій час і на своїм місці, без сумішки й сутолоки; всюди він був, де його потрібно, всюди вмів зробити лад і порядок. Чи то між своїми товаришами тухольцями, чи між боярами, чи між їх слугами, Максим Беркут усюди був однаковий, спокійний, свобідний в рухах і словах, мов рівний серед рівних. Товариші поводились з ним так само, як він з ними, свобідно, несилувано, сміялись і жартували з ним, а проте виповнювали його розкази точно, швидко і так весело та радо, немов і самі без розказу були би в тій хвилі зробили те саме. Боярська служба, хоч далеко не такої рівної вдачі, далеко не так свобідна в поводженню, далеко похіпніша з одних гордо висміватися, а перед другими низенько хилитися, все ж таки поважала Максима Беркута за його звичайність і розсудливість і, хоч не без дотинків та жартів, таки робила те, що він казав. А й самі бояри, по більшій часті люди горді, воєнні, що нерадо бачили "смерда" в своїм товаристві, та й то ще смерда, що вважав їх чимось немов собі рівним,– і вони тепер не показували надто виразно своєї неохоти і виповнювали розпорядження молодого провідника, маючи на кождім кроці нагоду переконатися, що ті розпорядження були зовсім розумні, такі, як треба.

Ще сонечко не зараз мало сходити, а вже ловецьке товариство вирушило з табору. Глибока тиша стояла над горами; нічні сумерки дрімали під темно-зеленими коронами смерек; на густім, чепіргатім листю папороті висіли краплі роси; повзучі зелені поясники вилися попід ноги, плуталися поміж корінням величезних вивертів, спліталися в непрохідні клебуки з корчами гнучкої, колючої ожини та з сплетами дикого, пнучого хмелю. З пропадистих, чорних, мов горла безодні, дебрів піднімалася сивими туманами пара – знак, що на дні тих дебрів плили невеличкі лісові потоки. Повітря в лісі напоєне було тою парою й запахом живиці; воно захоплювало дух, немовбито ширших грудей треба було, щоб дихати ним свобідно.

Мовчки пробиралася ловецька дружина непрохідними нетрями, дебрями й ломами без стежки, без ніяких провідних знаків у тьмавій гущавині. Попереду йшов Максим Беркут, а за ним Тугар Вовк і інші бояри. Обік Тугара йшла його донька Мирослава. Позаду йшли тухольські пасемці. Всі йшли озираючись, і надслухували пильно.

Ліс починав оживати денним життям. Пестропера сойка хрипіла в вершках смерек, зелена жовна, причепившися до пня тут же над головами прохожих, довбала своїм залізним дзюбом кору; в далеких зворах чути було рик турів і виття вовків. Медведі в ту пору, наївшися, дрімали під ломами на моховій постелі. Стадо диків рохкало десь у дебрі, холодячися в студенім намулі.

Може, годину йшло товариство тою трудною, нетоптаною дорогою. Всі дихали важко, ледве можучи наловити грудьми повітря, всі отирали краплистий піт із лиць. Максим частенько озирався позад себе. Він зразу противний був тому, щоб і женщина йшла разом з мужами в той небезпечний похід, але Мирослава уперлася. Вона ж перший раз була на таких великих ловах і мала би для бог зна яких трудностей занехати найкращу їх частину! Ніякі Максимові докази про трудності дороги, про небезпеки на становищі, про силу й лютість звіра не могли переконати її. "Тим ліпше! тим ліпше!" – говорила вона з таким смілим поглядом, з таким солодким усміхом, що Максим, мов очарований, не міг нічого більше сказати. І батько, що зразу також радив Мирославі лишитися в таборі, вкінці мусив уступити її просьбам. З подивом глядів тепер Максим, як ота незвичайна женщина поровень з найсильнішими мужами поборювала всякі трудності утяжливої дороги, як легко перескакувала гнилі ломи і величезні трами, яким певним кроком ішла понад урвища, горі стрімкими дебрями, просковзувала поміж виверти, і притім так безпечно, так невтомимо, що Максимові здавалося, що вона хіба на яких чудових крилах уноситься. Він глядів на се й не міг наглядітися.

"Дивна дівчина! – думалось йому раз по разу,– такої я ще й не видав ніколи!"

Ось уже прийшли на місце. Медведяче леговище – то був високий, тільки від південного боку з трудом доступний горб, покритий грубезними буками й смереками, завалений вивертами й ломами. Від півночі, заходу і сходу вхід і вихід замикали високі скалисті стіни, немов величезною сокирою вирубані з тіла велетня Зелененя і відсунені від нього за кільканадцять сажнів; сподом попід ті стіни вузькою щілиною шумів і пінився студений гірський потік. Таке положення улегшувало нашим ловцям роботу; вони потребували тільки обсадити не надто широкий плай від південного боку і тим плаєм поступати чимраз далі догори, а звір, не маючи іншого виходу, мусив конечно попастися в їх руки і на їх ратища.

Опинившися на тім важнім, хоч дуже небезпечнім плаю, Максим Беркут велів товариству на хвилю розложитися і спочити, аби набрати сил до трудного діла. Сонце сходило, але гілля смерек і сусідні горби заслонювали його вид. По короткім віддиху Максим почав розставляти ловців у два ряди так, аби вповні обсадити плай. Доки плай ще вузький, кождому ловцеві прийдеться стояти о п'ять кроків від другого: але дальше вгорі, де плай розширяється в цілу споховасту площину, там прийдеться ловцям ширше розступитися. Одно тільки клопотало його: що зробити з Мирославою, яка конче хотіла й собі стояти на окремім становищі, а не при боці свого батька.

– А що ж то я гірша від отсих твоїх пасемців?– говорила вона, рум'яніючись мов рожа, до Максима.– Їх ти ставиш на становищі, а мене не хочеш... Ні, сього не буде! І для мого батька се був би стид, коли б нас двоє стояло на однім становищі! Правда, батеньку?

Тугар Вовк не міг їй супротивитися. Максим почав говорити їй про небезпеку, про силу й лютість розжертого звіра, але вона зацитькала його.

– А що ж то в мене нема сили? А що ж то я не владаю луком, ратищем і топором? Ану, нехай котрий-будь із твоїх пасемців спробує зо мною порівнятися,– побачимо, хто дужчий!

Максим вкінці замовк і мусив учинити її волю. Та й чи міг спротивитися тій дивній, чарівній дівчині? Він хотів хоч становище визначити їй найменше небезпечне, але, на лихо, сього не можна було зробити, бо тут усі становища були однаково небезпечні. Розставивши ціле товариство, Максим дав ось який розпорядок:

– Тепер помолімся, кому хто знає, а потім разом заграймо в роги. Се буде перший знак і сполошить звіра. Потім підемо горі плаєм і станемо аж там, де він розширюється. Там мої товариші лишаться пильнувати виходу, щоб ані один звір не уйшов, а ви, бояри, підете дальше, до самого матчиного леговища!

В добру хвилю потім залунали ліси й полонини хрипливим ревом жубрових рогів. Немов величезна хвиля, покотився голос по лісах і зворах, розбиваючися, глухнучи, то знов подвоюючись. Пробуркалися ліси. Заскиглила каня над верховіттям смереки; зляканий беркут, широко розмахуючи крилами, піднявся на воздухи; захрустів звір поміж ломами, шукаючи безпечної криївки. Нараз рик рогів утих, і ловці пустилися в дорогу горі плаєм. Усіх серця билися живіше ожиданиям незвісних небезпек, бою і побіди. Обережно пробирались вони рядами; передом ряд боярський, за ним парубоцький ряд; Максим ішов попереду, пильно надслухуючи та слідячи звірину. Цар ломів, медвідь, ще не показувався.

Дійшли вже до самого найвужчого гирла, поза яким плай розширювався в велику, споховасту площину. Ловці знов тут зупинилися на розказ Максима, і знов загриміли ще з більшою силою жуброві роги, розносячи тривогу в сумрачні медведячі гаври. Раптом затріщав лім недалеко, за величезною купою грубих, перегнилих вивертів.

– Бачність! – скрикнув Максим.– Звір наближається!

Ледве сказав ті слова, коли втім крізь велику щілину між двома переверненими пнями просунулася пелехата, величезна голова, і двоє сірих очей напів-цікаво, напівтривожно вдивлялися в Тугара Вовка, що стояв на своїм становищі, якраз о яких десять кроків перед щілиною. Тугар був старий вояк і старий ловець,– він не знав, що то тривога. Тож, не говорячи ані слова, не відзиваючися ні до кого, він вихопив важку залізну стрілу з сагайдака, положив на лук і намірявся до звіра.

– Міряй в око, боярине! – шепнув з-позаду Максим.

Хвилька тривожної мовчанки – свиснула стріла – і заревів звір, мов скажений кинувши собою взад. І хоть через те щез він ловцям з очей, скрившися за купою вивертів, то ревіт його не втихав і не втихало скажене шеметання.

– Далі за ним! – крикнув Тугар Вовк і кинувся до щілини, кудою щез медвідь. Рівночасно два бояри вже видряпалися були на верх виверту, вже попіднімали свої ратища і старались дати їм відповідний розмах, аби доконати звіра. Тугар Вовк, стоячи в щілині, пустив у нього другою стрілою. Звір заревів ще дужче і кинувся втікати, але очі його запливли кров'ю, він не міг знайти виходу й розщибав собою о дерева. Ратище одного боярина впилося йому між ребра, але не завдало смертельної рани. Дикий рик раненого медведя розлягався чимраз дужче. В розпуці він підводився на задні лапи, обтирав собі кров з очей, рвав і кидав галуззям наперед себе, але дарма; одно його око прошиблене було стрілою, а друге раз у раз запливало кров'ю наново.

Шемечучись наосліп довкола, звір наблизився знов до Тугара Вовка. Той відкинув лук і, причаївшися за виваленим коренем, ухопив обіруч свій важкий топір і, коли медвідь, мацаючи, добирався до знайомої собі щілини, він з усього розмаху цюкнув його згори в голову, аж череп розколовся надвоє, мов розбита тиква. Бризнув кровавий мозок на боярина, і тихо, без рику повалився звір додолу. Радісно заревли труби бояр на знак першої побіди.

Звіра витягнено з-поміж вивертів і обдерто зі шкіри. Тоді бояри рушили дальше в гущавину. Сонце вже піднялось на небі і меркотіло крізь гілляки, мов скісні золоті нитки та пасма. Ловці йшли тепер геть-геть веселіше, перехвалюючися своєю відвагою й силою.

– Хоч я лише вовк, дрібна звірюка, то все ще дам раду тухольському медведеві! – говорив Тугар Вовк, радіючи.

Максим Беркут слухав тих перехвалок і сам не знав, чому йому жаль зробилося тухольського медведя.

– Що ж,– сказав він,– дурна звірюка той медвідь, самотою держиться. Якби вони зібрались докупи, то хто знає, чи й стадо вовків дало би їм раду.

Тугар позирнув на нього гнівно, але не сказав нічого. Ловці обережно поступали дальше, дряпаючись по вивертах, перескакуючи з пня на пень, западаючи не раз по пояс у порохно та ломи.

Посеред тих звалищ величної природи виднілися подекуди медведячі стежки, протоптані від давніх-давен, вузькі, але добре втоптані, густо засіяні вибіленими кістками баранів, оленів та всякої іншої звірини. Максим держався тепер позаду бояр; він раз за разом обходив усі становища, осмотрював сліди, щоб догадатися, чи вони свіжі, чи ні, підпомагав, заохочував утомлених,– і тільки на нім однім не знати було ніякої втоми. З подивом позирала на нього Мирослава, коли він переходив коло неї, і хоч багато досі видала вона молодців і сильних, і сміливих, але такого, як Максим, що сполучав би в собі всі прикмети сильного робітника, рицаря і начальника,– такого їй досі не траплялося бачити.

Нараз захрустів лім, і грізно-люто випав на ловців величезний медвідь. Він біг зразу на чотирьох лапах, але, побачивши перед собою ворогів, звівся на задні лапи, а в передні вхопив бурею відломаний буковий конар, викручуючи ним довкола себе і видаючи час від часу з горла уриваний, немов визиваючий рик.

На становищі супроти звіра були два підгірські бояри, з тих, що то найголосніше перехвалювалися і хотіли перед усіми показатися мисливцями. Побачивши страшного ворога тут же перед собою, вони зблідли й затремтіли. Але скритися, тікати не уходило,– треба було ставити чоло, будь-що-будь. Дві стріли вилетіли рівночасно з двох луків, але одна хибила, свиснувши медведеві понад вуха, а друга влучила звіра в бік, не зранивши значно, а тільки роздразнивши безмірно. Величезним скоком підплигнув медвідь і шпурнув на одного ловця свою зброю –– буковий конар, який зі страшною силою гепнувся о дерево. Тоді, не зупиняючись ані на хвильку і не даючи ворогам часу до намислу, медвідь кинувся на одного з них, що саме стояв на його протоптаній стежці. Ратище блисло в тремтячій руці боярина,– він хотів кинути ним на звіра.

– Не кидай! - крикнув тривожно Максим, надбігаючи і ведучи з собою поміч загроженим боярам, Тугара Вовка і ще одного боярина,– не кидай ратище, але настав поприбіч і боронися!

Але боярин не слухав і кинув ратище на звіра. Розмах був невеликий, рука боярина тремтіла, медвідь був уже на яких п'ять кроків,– от і не диво, що ратище слабо зранило звіра в передню лопатку. Вхопив медвідь дрючину, розломив її і зі страшним риком кинувся на свого ворога. Той держав уже в руках простого, на оба боки острого меча, що його називав медвідником, і готовився віпхнути його вістря в груди звірові. Але вістря поховзлося по кості і застряло в лопатці, і звір ухопив боярина в свої страшні, залізні обійми. Страшенно скрикнула нещаслива жертва; захрустіли кості під медведячими зубами. Ціла та страшна і дрожжю проймаюча подія скоїлася так раптовно, так несподівано, що, заким Максим міг надбігти з підмогою, вже боярин, хриплячи в передсмертних судорогах, лежав на землі, а над ним стояв кровавий медвідь, вискаливши свої страшенні зуби і ревучи на весь ліс з болю від одержаних ран.

Дрож пройшла у всіх по тілі на той вид: бояри стали, мов укопані. Тільки Максим спокійно наложив стрілу на свій роговий лук, підійшов два кроки ближче до медведя і, прицілившися одну хвилину, пустив йому стрілу просто в серце. Мов ножем перетятий, урвався рик звіра, і він повалився трупом на землю.

Не ревіли роги, не лунали веселі оклики по тій новій побіді. Бояри, покинувши свої становища, збіглися на місце нещастя. Хоч і як вони були загартовані в війнах, привикли бачити смерть біля себе, але вид кровавого, поторощеного та пошарпаного трупа витиснув із усіх грудей важкий зойк.

Мирослава вхопилась за груди і відвернула очі. Тухольські пасемці на сплетені з галуззя мари положили трупа, а за ним потягли і медведя. Понура мовчанка залягла над товариством. Велика калюжа крові блискотіла до сонця і нагадувала всім, що тут іще перед хвилею стояв живий чоловік, батько дітям, веселий, охочий і повний надії, а тепер з нього лишилася лише безформна купа кровавого м'яса. У великої часті бояр відійшла охота до ловів.

– Цур їм, тим проклятим медведям! – говорили деякі.– Нехай тут хоч жиють, хоч гинуть собі, чи ж нам для них наражувати своє життя?

Але Тугар Вовк, а особливо Мирослава й Максим, налягали конче, аби кінчити розпочате діло. Бояри вкінці пристали, але якось дуже не раді були вертати на свої становища.

– Позвольте мені, бояри, слово сказати,– заговорив до них Максим.– Мої товариші тухольці замкнули вихід і не пустять ані одного звіра відси. Тим-то нам непотрібно розходитися віддалік одним від одних. Найліпше буде, думаю, розділитися нам на дві ровти і йти понад самі краї пропасти по обох боках. Так ми зможемо найліпше зігнати все до середини, а там разом з тухольськими пасемцями обступимо густою лавою і вистріляємо до одного.

– Авжеж, авжеж, що так ліпше! – крикнули деякі бояри, не бачучи насмішливого усміху, що перелетів по устах Максима.

Тоді товариство розділилося. Одну ровту провадив Тугар Вовк, а другу Максим. Мирослава з власної охоти прилучилася до другої ровти, хоч і сама не могла собі вияснити для чого. Мабуть, шукала небезпеки, бо Максим виразно казав, що дорога другої ровти небезпечніша.

Знов заграли роги, і обі ровти розійшлися. Ловці йшли де парами, де одинцем, то сходячись, то розходячись, щоб вишукувати дорогу. Купами йти було зовсім неможливо. Зближались уже до самого верха; верх сам був голий, але понижче був цілий вал каміння, звалищ і вивертів. Туди пройти було найтрудніше і найнебезпечніше.

В однім місці стирчала купа звалищ, мов висока башта. Ломаччя, каміння і навіяне від давніх-давен листя загороджувало, бачилось, усякий приступ до природної твердині. Максим поповз понад самим краєм глибочезної пропасті, чіпляючись де-де моху та скальних обривів, щоб туди винайти прохід. Бояри ж, не навиклі до таких неприступних і карколомних доріг, пішли здовж валу, надіючись найти далі перерву і обійти його.

Мирослава зупинилася, немов щось держало її близ Максима; її бистрі очі вдивлювалися пильно в настобурчену перед нею стіну лому, шукаючи хоч би й як трудного проходу. Недовго так і вдивлялася, але сміло почала вдиратися на великі кам'яні брила та виверти, що завалювали прохід. Стала на версі і гордо озирнулася довкола. Бояри відійшли вже були досить далеко, Максима не видно, а перед нею безладна сутолока скал та ломів, через яку, бачилось, прохід був неможливий. Але ні! Онтам, трохи віддалік, лежить величезна смерека кладкою понад те пекло,– туди безпечно можна перейти до вершка! Недовго думаючи, Мирослава пустилася на ту кладку. А вступаючи на неї, ще раз озирнулася і, горда зі свого відкриття, приложила гарно точений ріг до своїх кералевих уст і затрубила на весь ліс. Луна покотилася полонинами, розбиваючись у дебрях та зворах чимраз на більше часток, аж поки не сконала десь у далеких, недоступних гущавинах. На голос Мирославиного рога відізвався здалека ріг її батька, а там і роги інших бояр. Ще хвильку завагувалася Мирослава, стоячи високо на виверті. Смерека була дуже стара і наскрізь порохнява, а в споду, в непроглядній гущавині ломів, здавалось їй, що чує легкий хрускіт і муркотання. Прислухалася ліпше – не чути нічого. Тоді вона сміло ступила на свою кладку. Але ледве уйшла з п'ять кроків, коли разом затріщала перетрупішіла смерека, зломалася під ногами Мирослави, і сміла дівчина враз із перегнилим трамом упала додолу, в ломи та звалища.

Впала на ноги, не попускаючись своєї зброї. В руках стискала сильно сріблом оковане ратище; через плечі у неї висіли міцний лук і сагайдак зі стрілами, а за гарним шкіряним поясом, що, мов вилитий, обхапував її стрункий дівочий стан, застромлений був топір і широкий мисливський ніж з кістяними черенцями. Звалившись несподівано в тьмаву пропасть, вона, проте, не почула ані на хвилю страху, а тільки почала озиратися довкола, щоб доглідіти який вихід. Зразу не могла нічого виразно добачити, але швидко її очі привикли до півсумерку, і тоді побачила такий вид, котрий і найсмілішого міг переняти смертельною тривогою. Не далі, як на п'ять кроків, перед нею лежала величезна медведиця в гнізді коло своїх молодих і гнівними, зеленкуватими очима гляділа на несподіваного гостя. Мирослава затремтіла. Чи вдаватися в боротьбу зі страшним звіром, чи шукати виходу і спровадити поміч? Але нелегко було знайти вихід; довкола їжилися ломи й обриви скал, і хоч перелізти через них з тяжким трудом було би можна, то на очах дикого звіра була така робота крайнє небезпечна. Недовго надумуючись, рішилася Мирослава не зачіпати звіра, лиш боронитися в разі нападу, а тим часом дати трубою тривожний знак і закликати поміч. Але скоро тільки вона затрубила, медведиця схопилася з леговища і, виючи, кинулась до неї. Не час було Мирославі братися до лука,– звір був надто близько. Вона вхопила обома руками ратище і, опершись плечима о кам'яний облаз, наставила його насупротив медведиці. Звір, побачивши блискуче залізне вістря, зупинився. Обі неприятельки стояли так довгу хвилю, не зводячи ока одна з одної, не схибляючи ані одним рухом зі свого становища. Мирослава не сміла перша нападати на медведицю; медведиця знов шукала очима, куди би напасти на ворога. Раптом медведиця вхопила в передні лапи великий камінь і, зводячись на задні ноги, хотіла шпурнути ним на Мирославу. Але в тій самій хвилі, коли зводилася на задні ноги, Мирослава одним могучим рухом пхнула їй ратище між передні лопатки. Рикнула страшенно медведиця і перевернулась горілиць, обіллявшися кров'ю. Але рана не була смертельна, і медведиця швидко зірвалася на ноги. Кров текла з неї, та, незважаючи на біль, вона знов кинулася на Мирославу. Небезпека була страшна. Розжертий звір садив просто, грозячи вже тепер своїми страшними зубами. Один рятунок для Мирослави був – видряпатися на облаз, о котрий була оперта плечима. Хвилька, один рух,– і вона стояла на облазі. На серці в неї полегшало,– тепер її положення не було таке небезпечне, бо в разі нападу могла вдарити звіра згори. Та ледве Мирослава могла дослідити, що робить медведиця, а вже звірюка стояла близько неї на камені, ревучи грізно і рознявши закровавлену пащеку. Зимний піт виступив на чолі Мирослави; вона бачила, що тепер настала рішуча хвиля, що на тій вузькій кам'яній плиті мусить розігратися боротьба на життя і смерть і що того буде побіда, хто зможе вдержатися на тім становищі й зіпхнути з нього противника. Медведиця була вже близько; Мирослава пробувала заставитися від неї ратищем, але медведиця вхопила дрючину зубами і шарпнула її так сильно, що мало не зіпхнула Мирославу з каменя; ратище виховзлось їй із рук, і звір кинув ним геть у ломи.

"Тепер прийдеться загибати!" – блиснуло в думці в Мирослави, але відвага не покинула її. Вона вхопила обома руками топір і стала міцно до остатньої оборони. Звір сунув чимраз ближче; гарячий його віддих чула вже Мирослава на своїм лиці; мохната лапа, насторожена остримими кігтями, грозила її груди,–ще хвиля, і їй довелось би, пошарпаній, кровавій, упасти з каменя, бо топорище було закоротке супроти лап величезного звіра.

– Рятунку! - скрикнула у смертельній тривозі Мирослава, і в тій хвилі понад її головою блиснуло ратище, і пхнута в горло медведиця, мов колода, впала з каменя. В щілині кам'яних звалищ понад головою Мирослави показалося радісне, живим огнем палаюче лице Максима Беркута. Один вдячний погляд урятованої дівчини проняв Максима наскрізь. Але слова не було між ними ані одного. На те не було часу. Медведиця ще жила і, ревучи, зірвалася з місця. Одним скоком була вона коло своїх молодих, що, не розуміючи цілої тої страшної боротьби, бавилися і переверталися в гнізді. Обнюхавши їх, медведиця кинулася знов до Мирослави. На се Мирослава була приготована і, піднявши обіруч топір, одним замахом розрубала ним голову медведиці. Впала опосочена звірюка і, метнувши собою кілька разів у боки, сконала.

Тим часом і Максим, продершися крізь навалені ломи, станув обік Мирослави. В очах дівчини заблисли дві перлові сльози, і, не кажучи ані слова, вона гаряче стиснула руку свого порятівника. Максим чогось немов змішався, почервонів, спустив очі і, зупиняючись, проговорив:

– Я чув твій тривожний знак... але не знав, де ти... Богу дякувати, що й так додряпався!

Мирослава все ще стояла на місці, держачи руку гарного парубка в своїй руці і дивлячись у його хороше, сонцем опалене і здоровим рум'янцем осяяне, одверте, щире лице. В тій хвилі вона не почувала нічого, крім вдячності за рятунок від нехибної смерті. Але, коли Максим, трохи осмілившись, стиснув її ніжну, а так сильну руку, тоді Мирослава почула, як щось солодко защеміло її коло серця, як лице її загорілось стидливим рум'янцем – і вона спустила очі, а слово подяки, котре готове було вилетіти з її уст, так і завмерло на губах і розіллялось по лиці дивним чаром розгаряючого сердечного чуття.

Максим перший отямився. В його серці, смілім і чистім, як щире золото, відразу блиснула щаслива думка, котра тут же перемінилася в незломне рішення. Се вернуло йому всю сміливість і певність поступування. Приложивши ріг до уст, він затрубив радісно на знак побіди. Тут же, за стіною вивертів, обізвалися роги Тугара й інших бояр.

Звинна, як вивірка, Мирослава швидко видряпалась назад на той вал, з якого була впала, і відтам оголосила цілому стрілецькому товариству свою пригоду і поміч, якої дізнала від Максима. З трудом видряпався сюди Тугар Вовк, а за ним і інші бояри; Тугар довго держав доньку в обіймах, а побачивши кров на її одежі, аж затремтів.

— І ти, ти, моя доню, була в такій небезпеці! — І він раз по разу обнімав доньку, немов боячись утратити її.

Потім він зліз униз до Максима, що порався коло медведиці і коло молодих медведят. Молоді, що не знали ще свого ворога в чоловіці, муркотіли любенько в гнізді і бавились собі, мов малі песики; вони давали себе гладити руками і зовсім не боялися людей. Максим узяв їх на руки і положив перед Мирославою й Тугаром.

— Отеє ваша здобич! — сказав він.— Ви чей же радо приймете в своїм домі таких гостей.

Згромаджені бояри гляділи то радісно на малі медведята, то зо страхом на вбиту медведицю, обзирали рани і подивляли силу і сміливість Мирослави, що могла вдатися в боротьбу з такою страшною звірюкою.

—О, ні,—сказала сміючись Мирослава,—без помочі отсього чесного молодця була б я тепер лежала так, як сеся звірюка, пошарпана й закровавлена! Йому від мене належиться велика подяка.

Тугар Вовк якось немов нерадо слухав тої бесіди своєї доньки. Хоч і як він любив її, хоч і як радувався її вибавленням із великої небезпеки, але все-таки він волів би був, якби вибавив його доньку боярський син, а не сей простий тухольський мужик, не сей "смерд", хоч і як зрештою той смерд умів подобатися Тугарові. Та все-таки йому, гордому бояринові, що виріс і великої честі дослужився при князівськім дворі, важко було прилюдно віддавати подяку за вирятування доньки мужикові. Але ніщо було діяти… Обов'язок вдячності так був глибоко вкорінений у наших рицарських предків, що й Тугар Вовк не міг від нього виломатися. Він узяв Максима за руку і випровадив його наперед.

– Молодче,–сказав він,–донька моя, єдина моя дитина, говорить, що ти вирятував її життя з великої небезпеки. Я не маю причини не вірити її слову. Прийми ж за своє чесне діло подяку вітця, котрого вся любов і вся надія в тій одній дитині. Я не знаю, чим тобі можемо відплатити за се діло, але будь певний, що скоро се коли-будь буде в моїй силі, то боярин Тугар Вовк не забуде того, що тобі завдячує.

Максим стояв при тих словах мов на грані. Він не привик до таких прилюдних похвал і зовсім не надіявся, ані не бажав нічого подібного. Він змішався при боярських похвалах і не знав, чи відповідати що-небудь, чи ні, а вкінці сказав коротко:

– Нема за що дякувати, боярине! Я зробив те, що кождий на моїм місці зробив би,– за що ж тут дякувати? Нехай донька твоя буде здорова, але на вдячність ніяку я не заслужив.

Сказавши се, він пішов, аби закликати своїх тухольських товаришів. При їх помочі медведицю швидко обдерто зі шкіри, а малі медведята перенесено на збірне місце, відки ціле товариство по скінченню ловів мало удатися назад до табору.

Сонце доходило вже полудня і сипало гаряче, золотисте проміння на тухольські гори; розігріта живиця сильніше запахла в лісах; гордо і тільки десь-колись помахуючи розпластаними крилами, плавав яструб високо понад полонинами в лазуровім океані. Тиша стояла в природі. Тільки з одного пригірка Зеленя лунали голоси ловецьких труб і крики ловецького товариства. Лови скінчилися, хоч і не зовсім щасливо. На дрючках несли тухольські парубки поперед ловцями три медведячі шкіри і в мішку двоє медведят, а на ношах із галуззя несли боярські слуги позаду товариства окровавленого, задубілого вже трупа нещасливого боярина, що погиб від медведячих лап.

Швидко під проводом Максима дійшло товариство до мисливського табору. Лови були скінчені. Сьогодні ще хотіло ціле товариство вертати домів, зараз, скоро лише по обіді. Дорога була вправді не близька, але Максим обіцяв випровадити товариство простішою лісовою стежкою до Тухлі, а відтам до двора Тугара Вовка. Тухольські пасемці, скоро тільки пообідали, зараз пішли наперед до домів; Максим лишився з боярами, поки слуги здійняли табір і попрятали всі кухонні та ловецькі знаряди; тоді й боярське товариство вирушило в дорогу з поворотом додому.

II

Стародавнє село Тухля – се була велика гірська оселя з двома чи трьома чималими присілками, всього коло півтора тисячі душ. Село й присілки лежали не там, де лежить теперішня Тухля, але геть вище серед гір, у просторій подовжній долині, що тепер поросла лісом і зоветься Запалою долиною. В ті давні часи, коли йде наше оповідання, Запала долина не була поросла лісом, але, навпаки, була управлена і годувала своїх жильців достатнім хлібом. Простягаючись звиш півмилі вдовж, а мало що не чверть милі в ширину, рівна й намулиста, обведена з усіх боків стрімкими скалистими стінами, високими декуди на три або й чотири сажні, долина тота була немов величезним кітлом, із якого вилито воду. І певно, що воно й не інакше було. Чималий гірський потік впадав від сходу до тої долини високим на півтора сажня водопадом, прориваючи собі дорогу поміж тісні, тверді скали, і, обкрутившися вужакою по долині, випливав на захід у таку ж саму тісну браму, розбиваючись поміж гладкі кам'яні стіни і гуркотячи ще кількома водопадами, поки чверть милі понижче не впав до Опора. Високі, стрімкі береги тухольської кітловини покриті були темним смерековим лісом, що надавав самій долині юзір ще більшого заглиблення і якоїсь пустинної тиші та відрубності від усього світу. Так, справді, се була величезна гірська криївка, з усіх боків тільки з великим трудом доступна,– але такі були в тих часах ненастанних війн, усобиць і нападів майже всі гірські села, і тільки дякуючи тій своїй неприступності, вони змогли довше, ніж подільські села, охоронити своє свобідне, староруське громадське життя, яке деінде силувалися чимраз більше підірвати горді, війнами збагачені бояри.

Тухольський народ жив головно скотарством. Тільки та долина, де лежало село, а також кілька поменших порічин, не покритих лісом, надавалися до хліборобства і видавали щороку багаті збори вівса, ячменю і проса. Зате в полонинах, що були, так само, як і всі доокружні ліси, власністю тухольської громади, паслися великі отари овець, у котрих спочивав головний скарб тухольців: з них вони добували собі одежу й страву, омасту й м'ясо.

В лісах довкола села паслися корови і воли; але сама місцевість, гориста, скалиста й неприступна, забороняла держати багато тяжкої рогатої худоби. Другим головним джерелом достатку тухольців були ліси. Не говорячи вже про дрова, котрих мали безплатно і на топливо, і на всякі будинки,– ліси достачали тухольцям звірини, лісових овочів і меду. Правда, життя серед лісів і недоступних диких гір було тяжке, було ненастанною війною з природою: з водами, снігами, диким звіром і дикою, недоступною околицею,– але тота боротьба вироблювала силу, сміліть і промисловість народу, була підставою й пружиною його сильного, свобідного громадського ладу.

Сонце вже геть схилилося з полудня, коли з високого верха в тухольську долину спускалося знайоме нам ловецьке товариство під проводом Максима Беркута. Передом ішов Тугар Вовк з донькою і з Максимом, решта товариства ступала за ними невеличкими купками, гуторячи про перебуті лови та ловецькі пригоди. Перед очима товариства розкрилася тухольська долина, облита гарячим сонячним промінням, мов велике зелене озеро з невеличкими чорними острівцями. Круг неї, мов височезний паркан, бовваніли кам'яні стіни, по яких п'ялися де-де пачоси зеленої ожини та корчі ліщини. При вході в долину ревів водопад, розбиваючись о каміння сріблястою піною; поуз водопаду викутий був у скалі вузький вивіз, яким ішлося вгору і далі понад берегом потока через верхи і полонини аж до угорської країни; се був звісний тодішнім гірнякам "тухольський прохід", найвигідніший і найбезпечніший після дуклянського: десять дооколичних громад, з галицького і з угорського боку, працювали майже два роки над виготовленням сього проходу. Тухольці вложили найбільше праці в те діло, тож гордилися ним, як своїм.

– Гляди, боярине,– сказав Максим, зупиняючись над водопадом при вході в крутий, у камені кований вивіз,– гляди, боярине, се діло тухольської громади! Геть ось туди через Бескиди тягнеться сеся дорога, перша така дорога в верховині. Мій батько сам витичував її на протягу п'ятьох миль; кождий місток, кожда закрутина, кождий вивіз на тім протязі зроблений за його показом.

Боярин неохітно якось поглянув горами, куди на далекий протяг понад потоком вилася між скалами протерта гірська дорога. Потім глянув долі вивозом і похитав головою.

– Твій батько має велику власть над громадою? – спитав він.

– Власть, боярине? – відказав здивований Максим.– Ні, власти у нас над громадою не має ніхто: громада має власть сама, а більше ніхто, боярине. Але мій батько досвідний чоловік і радо служить громаді. Як він говорить на раді громадській, так не зуміє ніхто в цілій верховині. Громада слухає батькової ради,– але власти батько мій не має ніякої і не жадає її.

Очі Максима блищали огнями гордості й подиву, коли говорив про свого батька. Тугар Вовк при його словах у задумі похилив голову; зате Мирослава гляділа на Максима, не зводячи з нього очей. Слухаючи Максимових слів, вона чула, що його батько стається для неї таким близьким, таким мов рідним чоловіком, немов вона вік жила під його батьківською опікою.

Але Тугар Вовк ставав чимраз більше понурий, чоло його морщилося і очі з виразом давно здержуваного гніву звернулися на Максима.

– То се твій батько бунтує тухольців против мене і против князя?–спитав він нараз терпким, різким тоном. Немов болющий дотик, вразили ті слова Мирославу; вона зблідла і позирала то на батька, то на Максима. Але Максим цілком не змішався від тих слів, а відповів спокійно:

– Бунтує громаду, боярине? Ні, се тобі неправду сказано. Вся громада гнівна на тебе за те, що ти присвоюєш собі громадський ліс і полонину, не спитавши навіть громади, чи схоче вона на те пристати, чи ні.

– А так, ще питатися вашої громади! Мені князь дарував той ліс і тоту полонину, і мені ні в кого більше дозволятися.

– Те самісіньке й говорить громаді мій батько, боярине. Мій батько уцитькує громаду і радить підождати аж до громадського суду, на котрім те діло розбереться.

– Громадського суду! – скрикнув Тугар Вовк.– То й я мав би ставати перед тим судом?

– Думаю, що й тобі самому се буде пожадане. Ти будеш міг усім доказати своє право, вспокоїти громаду.

Тугар Вовк відвернувся. Вони йшли далі вивозом, який закручувався насередині, щоб зробити дорогу не так похилою і не так небезпечною. Максим, ідучи позаду, не зводив очей із Мирослави. Але його лице не ясніло вже таким чистим щастям, як недовго перед тим. Чим чорніша хмара гніву й невдоволення залягала на чолі її батька, тим виразніше почував Максим, що між ним і Мирославою розвертається глибока пропасть. Притім він, дитя гір, не знаючи великого світу і високих боярських замислів, і не догадувався, яка широка і глибока була та пропасть на самім ділі.

Зійшли вже на долину. Під водопадом творив потік просторий, спокійний і чистий, мов сльоза, ставок. При його берегах стояли великі шапки перлової, шипучої піни; дно наїжене було великими й малими обломами скал; прудкі, мов стріла, пструги блискали поміж камінням своїми перлово-жовтими, червоно цяткованими боками; в глибині затоки долі кам'яною стіною ревів водопад, мов живий срібний стовп, граючи до сонця всіми барвами веселки.

– Що за пречудове місце,– аж скрикнула Мирослава, вдивляючися в водопад і навалені в глибині дико пошарпані скали, обведені згори темно-зеленою габою смерекового лісу.

– Се наша Тухольщина, наш рай! – сказав Максим, обкидаючи оком долину, і гори, і водопад з такими гордощами, з якими мало котрий цар обзирає своє царство.

– Тільки мені ви затроюєте життя в тім раю,– сказав гнівно Тугар Вовк.

Ніхто не відзивався на ті слова; всі троє йшли мовчки дальше. Ось уже доходили до сел, що розкинулося густими купами порядних, драницями критих хат, густо обсаджене рябиною, вербами та розлогими грушами. Народ робив у полю; тільки старі діди, поважні, сивобороді, походжали коло хат, то дещо тешучи, то плетучи сіті на звіра та на рибу, то розмовляючи про громадські діла. Максим кланявся їм і вітав їх голосно, приязно; далі й Мирослава почала вітати старих тухольців, що стояли на дорозі; тільки Тугар Вовк ішов понурий та німий, навіть поглянути не хотів на тих смердів, що сміли супротивлятися волі його князя.

Аж ось насеред села з ними пострічалася дивна компанія. Три старці, убрані по-празничному, несли дорогою на високій, гарно точеній і оздібно сріблом окованій дрючині великий, також сріблом окований ланцюг, вироблений суцільно з одної штуки дерева в виді перстеня, нерозривного і замкнутого в собі. Понад тим ланцюгом повівала червона кармазинова, сріблом вишивана хоругов. Три старці йшли повільно. Перед кождим дворищем вони зупинялися і викликали голосно хазяїв по ім'ю, а коли той або хто-будь із жильців дворища явився, вони говорили:

– Завтра на копу! – і йшли дальше.

– Се що за дивоглядія? – спитав Тугар Вовк, коли старці почали наближатися до них.

– Хіба ж ти не видав ще такого? – спитав його здивований Максим.

– Не видав. У нас коло Галича нема такого звичаю.

– На копу скликають, на раду громадську,– сказав Максим.

– Я гадав, що попи з коровгою,– почав насміхатися Тугар.– У нас коли скликають на копу, то скликають потиху, передаючи з хати до хати копне знамено.

– У нас копне знамено обноситься по селі отсими закличниками; вони повинні кождого громадянина по ім'ю закликати на копу. І тебе закличуть, боярине.

– Нехай собі кличуть, я не прийду! Нічого мене не обходить ваша копа. Я тут із княжої волі і можу сам збирати копу, коли буду вважати се потрібним.

– Ти – сам... збирати копу? – спитав зачудований Максим.– Без наших закличників? Без нашого знамена?

– У мене свої закличники і своє знамено.

– Але ж на твою копу ніхто з наших громадян не піде. А наша копа як осудить, так у нашій громаді й буде.

– Побачимо!–сказав гнівно й уперто Тугар Вовк.

В ту саму пору наблизилися наші пішоходи до закличників. Побачивши боярина, закличники поставили знамено, а один із них відозвався:

– Боярине Тугаре Вовче!

– Ось я,– відповів боярин понуро.

– Завтра на копу!

– Чого?

Але закличники на се не відповіли нічого і пішли дальше.

– Не їх діло, боярине, говорити чого,– пояснив Максим, стараючись якмога втихомирити нехіть боярина до тухольської громадської ради. По довшій мовчанці, під час котрої вони все йшли селом, Максим знов зачав говорити:

– Боярине, позволь мені, недосвідному, молодому, сказати тобі слово.

– Говори! – сказав боярин.

– Прийди завтра на копу!

– І піддатися вашому холопському судові?

– Що ж, боярине, тухольська громада судить по справедливости, а справедливому судові хіба стид піддатися?

– Таточку! – вмішалася й Мирослава до тої розмови.– Зроби так, як каже Максим! Він добре каже! Він урятував моє життя,– він же ж не хотів би тобі зле радити; він знає добре тутешні звичаї.

Тугар Вовк знехотя всміхнувся на ту правдиво жіночу логіку, але чоло його швидко знов наморщилося.

– І вже ти протуркала мені уші тим Максимом! – сказав він.– Ну, урятував тобі життя, я і вдячний йому за те і, коли хочеш, дам йому пару волів. Але тут знов о інші річі йде, до яких не слід мішатися ні тобі, ні Максимові.

– Ні, боярине,– відповів на се Максим,– ти чей не схочеш унизити мене відплатою за моє незначне діло. Ані я, ані мій батько не приймемо ніякої відплати. А то, що я тебе прошу прийти завтра на копу, я роблю тільки зі щирої прихильности. Я рад би, боярине, щоб між тухольською громадою і тобою була згода.

– Ну, нехай і так,– сказав вкінці Тугар Вовк,– прийду завтра на тоту вашу раду, але не на те, щоб їй піддатися, а лиш на те, щоб побачити, що се за рада буде.

– Прийди, боярине, прийди,– скрикнув радісно Максим,– побачиш сам, що тухольська громада вміє бути справедливою.

Приречення Тугара Вовка облегшило серце Максимові. Він став веселий, говіркий, показував Мирославі направо і наліво, що було гарного й цікавого довкола, а гарного й цікавого було багато. Наші пішоходи були саме серед села і на середині тухольської долини. Стрімкі скалисті береги кітловини світилися по обох боках далеко, мов рівні, високі мармурові мури. Потік плив посеред села, тут же біля дороги, шумів і пінився, розбиваючись по каменях, котрими усіяне було його дно, і навіваючи свіжий холод на всю долину. По обох боках потока, якого береги були досить високі, прорізані в намулі давнього озера, побудовані були кашиці (загати) з річного каміння і грубих смерекових палів та колод, щоб охоронити село від виливу. Всюди через потік пороблені були вигідні з поруччями кладки, а зараз поза кашицями йшли скопані грядки з фасолею й горохом, що вилися вгору по тичинню, з буряками й капустою, а також загони пшениці, що чистими ясно-зеленими пасмугами простягалися далеко поза хати. Хати були порядно обгороджені і гарно удержувані; стіни з гладкого дилиння, не обмазаного глиною, але кілька разів до року митого і скобленого річними черепницями; тільки там, де одна долина сходилася з другою, в вузьких пасмугах стіни були поліплені глиною і побілені паленим вапном і виглядали дуже гарно серед зелених верб і груш. При вході до кожного дворища стояли дві липи, між якими прив'язані були гарно плетені в усякі узори ворота. Майже над кождими воротами на жердці висіла прибита якась хижа птиця: то сова, то сорока, то ворона, то яструб, то орел, з широко розпростертими крилами і звислою додолу головою; се були знаки духів – опікунів дому. За хатами стояли стайні та інші господарські будинки, всі під драницями і з грубезних, тесаних брусів збудовані; тільки нечисленні обороги були з соломи і насторошували де-де свої золото-жовті, острокруглі чуби догори поміж чотирма високими оборожинами.

– Ось мого батька двір,– сказав Максим, показуючи на один двір, нічим не відмінний від інших. Перед домом не було нікого, але двері від сіней були відчинені, а в стіні до полудня прорубані були два невеличкі квадратові отвори, які вліті оставались або зовсім створені, або закладались тонкими і напівпрозірчастими гіпсовими плитками, і на зиму, крім того, забивались дощаними віконницями. Се були тодішні вікна.

Мирослава цікаво позирнула на те гніздо Беркутів, над котрого ворітьми справді висів недавно вбитий величезний беркут, ще й по смерті немов грозячи своїми могутніми, залізними пазурами і своїм чорним, у каблук закривленим дзюбом. Затишно, супокійне і ясно було на тім обійстю; потік відділював його від гостинця, перекинений широкою кладкою, і журчав стиха та плескав кришталевою хвилею о кам'яну загату. І Тугар Вовк позирнув туди.

– Ага, то тут сидить той тухольський владика. Ну, рад я пізнати його. Побачимо, що се за птиця!

Максим хотів попрощати боярина й його доньку і звернути додому, але щось немов тягло його йти з ними дальше. Мирослава немов порозуміла се.

– Чи вже вертаєш додому? – спитала вона, відвертаючись, щоб укрити своє помішання.

– Хотів було вертати, але нехай і так,– проведу вас іще через тіснину до вашого двора.

Мирослава втішилася, сама не знаючи чого. І знов пішли вони вниз селом, гуторячи, озираючись на всі боки, любуючись одно одним, голосом, присутністю, одно для другого забуваючи все довкола, батька, громаду. І хоча в цілій розмові ані одним словом не згадували про себе, про свої чуття й надії, але й крізь найбайдужнішу їх бесіду тремтіло тепло молодих, першою любов'ю огрітих серць, проявлялася таємнича сила, що притягала до себе ті дві молоді, здорові й гарні істоти, чисті та незопсовані, що в своїй невинності навіть не думали про перепони, які мусила стрінути їх молода любов.

І Тугар Вовк, що йшов передом у важкій, понурій задумі та міркував над тим, як би то завтра стати гідно і в цілім блиску перед тими смердами та показати їм свою повагу та вищість,– і Тугар Вовк не завважав нічого між молодими людьми; одно тільки гнівало його, що той молодий парубок такий сміливий і так поводиться з ним і з його донькою, мов з рівними собі. Але до пори, до часу він здержував свій гнів.

Минули вже село і зближалися до того місця, де тухольська кітловина замикалася, пропускаючи тільки вузькою скалистою брамою потік у долину. Сонце вже похилилося геть із полудня і стояло над вершиною лісу, купаючи своє скісне проміння в спінених хвилях потока. Від скал, що затіснювали виплив потока з тухольської долини, лежали вже довгі тіні; в самій тіснині було сумрачно, холодно і слизько. Внизу розбивалася вода потока о величезне, купами тут навалене каміння, а вгорі високо шуміли величезні смереки і буки. Понад самим потоком з обох боків вели проковані в скалах вигідні стежки – також діло тухольців. Якась дрож проняла Мирославу, коли входила в оту дивовижну "кам'яну браму": чи то від пануючого тут холоду, чи від вогкості, чи бог знає від чого,– вона взяла батька за руку і притиснулася до нього.

– Яке страшне місце! – сказала вона, зупиняючись у самій тіснині і озираючись кругом та догори. І справді, місце було незвичайне, дике. Потік був вузький, може,

на три сажні, не більше, завширшки, і так гладко про-
різаний рвучою гірською водою в лупаковій скалі, що
незнающий був би міг присягнути, що се людських рук
робота. А перед самим проходом стояв насторч вели-
чезний кам'яний стовп, у споду геть підмитий водою
і для того тонший, а вгорі немов головатий, оброслий
папороттю та карлуватими берізками. Се був широко
звісний Сторож, котрий, бачилось, пильнував входу в
тухольську долину і готов був упасти на кождого, хто
в ворожій цілі вдирався б до сього тихого, щасливого
закутка. Сам Тугар Вовк почув якийсь холод за плечима,
зирнувши на того страшного Сторожа.

– Тьфу, яка небезпечна каменюка! – сказав він.– Так
нависла над самим проходом, що, бачиться, ось-ось упа-
де!

– Се святий камінь, боярине,– сказав поважно Мак-
сим,– йому щовесни складають вінки з червоного огни-
ку,– се наш тухольський Сторож.

– Ех, все у вас ваше, все у вас святе, все у вас тухоль-
ське,– аж слухати обридло! – скрикнув Тугар Вовк.–Не-
мов-то поза вашою Тухольщиною вже й світа нема!

– Для нас і справді нема світа,– відмовив Максим.–
Ми над усе любимо свій кутик,– коли б так кождий ін-
ший любив свій кутик, то, певно, всі люди жили б на світі
спокійно й щасливо.

Максим у своїй невинній щирості й не розумів, як
чутко вколов він у серце боярина тими словами. Він не
зауважав також, якими злобними очима позирнув на
нього Тугар Вовк. Звертаючися до Мирослави, Максим
мовив далі спокійним, теплим голосом:

– А про той камінь, про нашого Сторожа, я вам опо-
вім, що чув від батька. Давно то, дуже давно діялось, ще

коли велетні жили в наших горах. То тут, де тепер наша Тухля, стояло велике озеро; сеся кітловина була ще зовсім замкнена, і тільки через верх текла вода. Озеро се було закляте: в нім не було нічого живого, ні рибки, ні хробачка; а котра звірина напилася з нього, мусила згинути; а пташина, що хотіла перелетіти понад нього, мусила впасти в воду і втопитися. Озеро було під опікою Морани, богині смерті.

Але раз сталося, що цар велетнів посварився з Мораною і, щоб зробити їй наперекір, ударив своїм чародійським молотом о скалу і розвалив стіну, так що вся вода з заклятого озера виплила і стратила свою дивну силу. Ціла околиця раптом ожила; дно озера зробилося плодючою долиною і зазеленілося буйними травами та цвітами; в потоці завелися риби, поміж камінням усяка гадь, у лісах звірина, в повітрі птиця. За те розлютилася Морана, бо вона не любить нічого живого, і закляла царя велетнів у отсей камінь. Але долині самій не могла нічого зробити, бо не могла назад вернути мертвящої води, що виплила з озера; якби була вернула назад усю воду до краплини і заткала отсей в скалі вибитий прохід, то була би знов царицею наших гір. А так, то хоч цар велетнів і не жиє, та проте й Морана не має вже тут власти. Але цар не зовсім погиб. Він триває в тім камені і пильнує сеї долини. Кажуть, що колись Морана ще раз ізбере свою силу, щоб нею завоювати нашу Тухольщину, але отсей заклятий Сторож упаде тоді на силу Морани і роздавить її собою.

З дивним чуттям слухала Мирослава тої повісті: вона глибоко щеміла її в серці,– їй так бажалося стати під рукою того доброго і животворного царя велетнів до бою з силою Морани; кров живіше заграла в її молодім серці. Як сильно, як гаряче любила вона в тій хвилі Максима!

А Тугар Вовк, хоч і слухав Максимової повісті, але, бачилось, не дуже вірив їй, тільки ще раз обернувся, позирнув на кам'яного тухольського Сторожа і з погордою всміхнувся, немов подумав собі: "От дурні смерди, в якій дурниці покладають свою гордість і свою надію!"

Вже наші пішоходи минули вузький протік тухольського потока і вийшли на ясний світ. Перед їх очима раптом розкинулася довга, крутими горами обмежена долина Опору, котра ген-ген сходилася з долиною Стрия. Сонце вже клонилося на захід і гарячим пурпуром меркотіло в широких хвилях Опору. Тухольський потік скаженими скоками і з лютим шумом гуркотів додолу, щоб скупатися в Опорі. Його вода, різко відбиваючи в собі заходову червоність, виглядала неначе кров, що бурхає з величезної рани. Довкола шуміли темні вже ліси.

Хвилю стояли наші пішоходи, напуваючись тою безсмертною і живущою красою природи. Максим немов вагувався на якійсь думці, що так і засіла в його голові і силоміць просилася на волю. Далі він зібрався з відвагою і приблизився до Тугара Вовка, тремтячи й червоніючись.

– Боярине-батьку,– сказав він незвичайно м'яким і несміливим голосом.

– Чого тобі треба?

– Позволь мені бути твоїм найщирішим слугою...

– Слугою? Що ж, се нетрудно,– прийди з батьком і наймись, коли конче хочеш на службу.

– Ні, боярине, не так ти зрозумів мене... Позволь мені бути твоїм сином!

– Сином? Але ж у тебе є свій батько, і, як чую, далеко ліпший, справедливіший і мудріший від мене, коли завтра буде судити мене!

Боярин гірко, їдовито всміхнувся.

– Я хотів сказати,– поправився Максим,– хотів сказати ще не так. Боярине, віддай за мене доньку свою, котру я люблю дужче свого життя, дужче душі своєї!

Грім з ясного неба не був би так перелякав Тугара Вовка, як ті гарячі, а при тім прості слова молодого парубка. Він відступив два кроки назад і прошибаючим, з гнівом і погордою змішаним поглядом мірив бідного Максима від ніг до голови. Лице його було недобре, аж синє, зуби йому заціпило, губи дрожали.

– Смерде! – скрикнув він нараз, аж дооколичні гори залунали тим проклятим окликом.– Що се за слова смієш ти говорити до мене? Повтори ще раз, бо се не може бути, щоб я справді чув те, що мені причулося.

Грізний крик боярина збудив і в Максима його звичайну сміливість і рішучість. Він випростувався перед боярином, мов молодий, пишний дубчак, і сказав лагідним, але певним голосом:

– Нічого злого я не сказав тобі, боярине,– нічого такого, що би приносило нечесть тобі або твоїй доньці. Я просив у тебе руки твоєї доньки, котру я люблю, як її ніхто в світі не буде любити. Невже ж між твоїм боярським, а моїм мужицьким родом така велика пропасть, щоб її любов не могла перегатити? Та й чим же ж ти так дуже вищий від мене?

– Мовчи, смерде! – перебив його лютим криком Тугар Вовк.– Рука моя судорожно стискає рукоять меча, щоб заткати ним твою глупу гортанку. Одно тільки рятує тебе від моєї мести,– а се те, що ти нині вирятував мою доньку з небезпеки. Інакше ляг би ти в тій хвилі трупом за такі слова. І ти, безумний, міг подумати, міг посміти підносити очі свої до неї, до моєї доньки?.. Се за те, що я й вона говоримо з тобою по-людськи, а не копаємо тебе, як собаку! І ти думав, що, рятуючи її від пазурів медведя, ти здобув її для себе, як бранку? О, ні! Коли б мало на таке прийти, то воліла б вона згинути в кровавих обіймах дикого звіра, ніж мала би тобі дістатися!

– Ні, боярине, не так кажи! Волів би я згинути в лапах медведя, аніж мав би один її волосок бути ушкоджений.

Мирослава відвернулася при тих словах, щоб скрити від батька і від Максима довго здержувані сльози, що тепер бризнули з її очей. Але Тугар Вовк не зважав на те і говорив дальше:

– І ти, підлий хамів роде, смієш рівняти себе зо мною? Зо мною, що вік звікував між князями, вдостоївся княжої похвали і надгороди за рицарські діла! Моя донька може вибирати собі жениха між найпершими і найславнішими молодцями в краю, а я мав би дати її тобі, смердові, до твого тухольського гнізда, де би вона зів'яла, зсохла і пропала в нужді! Ні, ні, йди геть, бідний хлопче, ти не сповна розуму, ти сказав свої слова в нападі божевільства!

Максим бачив тепер, що його надії розбиті, що боярин надто високо міряє, надто гордо глядить на нього. Хоч і як тяжко приходилось йому, але ніщо було робити.

– Боярине, боярине,– сказав він сумним, теплим голосом,– занадто ти високо піднявся на крилах гордости,– але уважай! Доля звичайно тих найвище підносить, кого думає найнижче зіпхнути. Не гордуй бідними, не гордуй низькими, не гордуй робучими, боярине, бо хто ще знає, до котрої хто криниці прийде воду пити!

– Ти ще смієш мені давати науки, гаде? – скрикнув розлючений Тугар Вовк, і очі його заблищали безумним гнівом. – Геть мені з очей, а то, богом кленусь, не буду ні на що зважав, а просаджу тебе отсим ножем, як просадив нині рано медведя!

– Не гнівайся, боярине, за слова дурного хлопця,– відповів усе спокійний Максим.– Прощай! Прощай і ти, моя зоре, що блиснула мені так чудово на одну днину, а тепер мусиш навіки для мене померкнути! Прощай і будь щаслива!

– Ні, годі мовчати,– сказала нараз Мирослава, рішучо обертаючись,– я не померкну для тебе, молодче, я буду твоя.

Тугар Вовк, мов остовпілий, глядів на свою доньку і вже аж тепер не знав, що йому робити.

– Доню, а се що ти кажеш! – скрикнув він.

– Те, що чуєш, таточку. Віддай мене за Максима! Я піду за нього.

– Дурна дівчино, се не може бути!

– Спробуй, а побачиш, що може.

– Ти в горячці говориш, доню,– ти перелякалася дикого звіра, ти недужа!..

– Ні, таточку, я здорова і скажу тобі ще раз, і кленусь перед онтим ясним сонцем, що сей молодець мусить бути моїм! Сонце, будь свідком!

І вона взяла Максима за руку і гаряче прилипла устами до його уст. Тугар Вовк не міг отямитися, не міг здобутися на один рух, на одно слово.

– А тепер, молодче, йди домів і не лякайся нічого. Мирослава присягла, що буде твоєю, і Мирослава зуміє додержати присяги. А ми, таточку, спішімо додому! Онде в долині наш двір, а ось і наші гості надходять.

І, сказавши се, дивна дівчина взяла безтямного з диву батька за руку і пішла з ним долі горою. А Максим довго ще стояв на місці, очарований, щасливий. Вкінці прочунявся і, впавши лицем на землю, помолився заходовому сонцю так, як молилися його діди й прадіди, як молився тайком і його батько. Потім устав і тихою ходою пішов додому.

III

За селом Тухлею, зараз же близ водопаду, стояла насеред поля величезна липа. Ніхто не затямив, коли її засаджено і коли вона розрослася така здорова та конариста. Тухля була оселя не дуже давня, і деревина, що росла на тухольській долині, була геть-геть молодша від тої липи; тим-то й не диво, що тухольський народ уважав її найдавнішим свідком давнини і окружав великою пошаною.

Тухольці вірили, що тота липа – дар їх споконвічного добродія, царя велетнів, який засадив її власноручно на тухольській долині на знак своєї побіди над Мораною. З-під коріння липи било джерело погожої води і відтак, тихо журчачи по дрібних камінцях, впливало до потока. Се було місце копних зборів тухольських, місце сільського віча, котре в старовину являло з себе всю і одиноку власть у руських громадах.

Довкола липи був широкий, рівний майдан. Рядами стояли на нім до схід сонця гладкі кам'яні брили, призначені на стільці, де сідали старці громадські, батьки родин. Кілько було таких батьків, стілько й кам'яних стільців. Поза ними було вільне місце. Під липою, над самим джерелом, стояв чотиригранний камінь з проверченою всередині дірою; тут на час ради виставлялося копне знамено. А обік зроблене було друге підвищення для бесідника, себто для того, хто в якій-будь справі говорив; він виступав із свого місця і входив на се підвищення, щоб увесь народ міг чути його.

На другий день після боярських ловів густо тухольського народу роїлося по копнім майдані. Гамір ішов по долині. Старці громадські йшли повагом із села один за одним і засідали на своїх місцях. Шумно збиралася молодіж і ставала поза ними широким півколесом. І жінки сходилися, хоч не так численно: від громадської ради жаден дорослий громадянин, чи муж, чи жінка, не був виключений. І хоч рішаючий голос мали тільки старці-батьки, але при нараді вільно було й молодежі й жіноцтву подавати свій голос під розвагу старцям.

Сонце піднялось уже високо на небі, коли з села, останні за всіма, надійшли закличники, несучи перед собою тухольське копне знамено. Поява їх викликала загальний шепіт між громадою, а коли вони наблизилися, все втихло. Закличники, тричі поклонившися громаді, вийшли під липу і познімали шапки з голів. Уся громада зробила те саме.

– Чесна громадо,– відізвалися закличники,– чи воля ваша нині раду держати?

– Так, так! – загула громада.

– То нехай же бог помагає! –– сказали вони і, піднявши високо вгору копне знамено, встромили його в дірку, продовбану в камені. Се був знак, що рада зачата.

Потім устав із свого місця найстарший у зборі, Захар Беркут, і повільним, але твердим кроком виступив під липу і, доторкнувшися її рукою, наблизився до пливучої з її коріння нори і, припавши на коліна, помазав собі нею очі й уста. Се була звичайна, стародавня церемонія, що знаменувала очищення уст і прояснення ока, потрібне при такім важнім ділі, як народна рада. По тім він сів на підвищенім місці, звернений лицем до народу, тобто до східної сторони неба.

Захар Беркут – се був сивий, як голуб, звиш 90-літ-ній старець, найстарший віком у цілій тухольській громаді. Батько вісьмох синів, із яких три сиділи вже разом із ним між старцями, а наймолодший Максим, мов здоровий дубчак між явориною, визначався між усім тухольським парубоцтвом. Високий ростом, поважний поставою, строгий лицем, багатий досвідом життя й знанням людей та обставин, Захар Беркут був правдивим образом тих давніх патріархів, батьків і провідників цілого народу, про яких говорять нам тисячолітні пісні та перекази. Невважаючи на глибоку старість, Захар Беркут був іще сильний і кремезний. Правда, він не робив уже коло поля, не гонив овець у полонину, ані не ловив звіра в лісових нетрях,– та проте працювати він не переставав. Сад, пасіка й ліки – се була його робота. Скоро лишень весна завітає в тухольські гори, Захар Беркут уже в своїм саду, копле, чистить, підрізує, щепить і пересаджує. Дивувалися громадяни його знанню в садівництві, тим більше дивувалися, що він не крився з тим знанням, але радо навчав кождого, показував і заохочував. Пасіка його була в лісі, і кождої погідної днини Захар Беркут ходив у свою пасіку, хоч дорога була утяжлива і досить далека. А вже найбільшим добродієм уважали тухольці Захара Беркута за його ліки. Коли було настане час, між зеленими святами а святом Купайла, Захар Беркут з своїм наймолодшим сином Максимом іде на кілька неділь у гори за зіллям і ліками. Правда, чисті та прості звичаї тодішнього народу, свіже тухольське повітря, просторі та здорові хати і ненастанна, та зовсім не над-сильна праця – все те вкупі хоронило людей від частих і заразливих хороб. Зате частіше лучалися каліцтва, рани, на які, певно, ніякий знахар не вмів так скоро і так гарно зарадити, як Захар Беркут.

Але не в тім усім покладав Захар Беркут головну вагу свого старечого життя. "Життя лиш доти має вартість,– говорив він частенько,– доки чоловік може помагати іншим. Коли він став для інших тягарем, а хісна не приносить їм ніякого, тоді він уже не чоловік, а завада, тоді він уже й жити не варт. Хорони мене боже, щоб я коли-небудь мав статися тягарем для інших і їсти ласкавий, хоч і як заслужений хліб!" Ті слова – то була провідна, золота нитка в життю Захара Беркута. Все, що він робив, що говорив, що думав, те робив, говорив і думав він з поглядом на добро і хосен ін-ших, а попред усього громади. Громада – то був його світ, то була ціль його життя. Видячи, що медведі та дики часто калічать худобу й людей у горах, він, ще бувши молодим парубком, задумав навчитися лічити рани, і, покинувши батьківський дім, вибрався в дале-ку, незнайому дорогу до одного славного ворожбита, який, чутка була, вмів замовляти стріли і кров. Але примова того лікаря показалася пустою. Захар Бер-кут, прийшовши до нього, обіцяв йому десять куниць плати, щоб навчив його своєї примови. Ворожбит при-став, але Захарові не досить було навчитися насліпо, він хотів попереду переконатися, чи лік ворожбитів добрий. Він виняв свій ніж і задав собі ним глибоку рану в стегно.

– На, замов! – сказав він до зачудованого лікаря. Примова не вдалася.

– Е,– сказав лікар,– се для того не вдається, що ти самовільно завдав собі рану. Такої рани замовити не можна.

– Ну, то видно, що кепська твоя примова, і мені її не потрібно. Я потребую такої примови, котра не питала би, чи рана самовільна, чи ні, а загоїла б усяку.

І як стій Захар Беркут покинув ворожбита і пішов дальше, розпитувати ліпших лікарів. Довго блукав він по горах і долах, аж поки по році блукання не зайшов до скитських* монахів. Між ними був один, столітній старець, що довгі часи пробував на Афонській горі у греків і читав там багато старих грецьких книг. Той монах умів чудово лічити рани і брався навчити своєї штуки кождого, хто проживе з ним рік у добрій злагоді і покажеться йому чоловіком щирого серця й чистої душі. Багато вже учеників приходило до старого, вічно задуманого і вічно сумовитого монаха, але ні одного він не вподобав, ні один не прожив з ним умовленого року і не виніс його тайників лікарських. Про сього-то лікаря почув Захар Беркут і наважився відбути його пробу. Прийшовши до скитського монастиря, просив, щоб заведено його до старця Акинтія, і одверто розповів йому про ціль свого приходу. Сивобородий, понурий дід Акинтій прийняв його без суперечки – і Захар вибув не рік, а цілі три роки. Він вернувся зо скита новим чоловіком: його любов до громади стала ще гарячішою і сильнішою, його слова пливли кришталевою, чистою хвилею, були спокійні, розумні і тверді, як сталь, а против усякої неправди острі, як бритва. В своїй чотирилітній мандрівці Захар Беркут пізнав світ, був і в Галичі, і в Києві, бачив князів і їх діла, пізнав вояків і купців, а його простий, ясний розум складав усе бачене й чуте, зерно до зерна, в скарбницю пам'яті, як матеріали для думки. Він вернувся з мандрівки не тільки лікарем, але й громадянином. Бачучи по долах, як князі та їх бояри силуються ослабити і розірвати громадські вільні порядки по селах, щоб опісля роз'єднаних і розрізнених людей тим легше повернути в невольників і слуг, Захар Беркут переконався, що для його братів-селян нема іншого рятунку й іншої надії, як тільки добре уладження і розумне ведення та розвивання громадських порядків, громадської спільності та дружності. А з другого боку, від старця Акинтія і від інших бувалих людей він чимало наслухався про громадські порядки в північній Русі, в Новгороді, Пскові, про добробут і розцвіт тамошніх людей, і все те запалювало його гарячу душу до бажання – віддати ціле своє життя на поправу й скріплення добрих громадських порядків у своїй рідній Тухольщині.

Сімдесят літ минуло від того часу. Мов стародавній дуб-велетень стояв Захар Беркут серед молодого покоління і міг тепер бачити плоди своєї довголітньої діяльності. І, певно, не без радості міг він глядіти на них. Мов одна душа, стояла тухольська громада дружно в праці і вживанню, в радощах і в горю. Громада була для себе і суддею, і впорядчиком у всьому. Громадське поле, громадські ліси не потребували сторожа – громада сама, вся і завсіди, бачно берегла своє добро. Бідних не було в громаді; земля достачала пожитку для всіх, а громадські шпихліри та стодоли стояли завсіди отвором для потребуючих. Князі і їх бояри зависливим оком гляділи на те життя, в якім для них не було місця, в якім їх не потребували. Раз у рік з'їздив у Тухольщину князівський збірщик податків, і громада старалась якнайборше позбутися немилого урядового гостя: через день або два він виїздив, обвантажений усяким добром – бо податки в великій мірі платили тухольці натурою. Але в Тухольщині збірщик князівських податків не був таким самовладним паном, як по інших селах. Тухольці добре уважали, що належиться збірщикові, а що князеві, і не попускали йому зробити над ними ніякого надужиття.

Але не тільки в самій Тухольщині видний і спасенний був вплив Захара Беркута; його знали люди на кільканадцять миль довкола, по руськім і угорськім боці. Та й то знали його не лиш як чудовного лікаря, що лічить рани і всякі болісті, але й не менше як чудовного бесідника та порадника, котрий "як заговорить, то немов бог тобі в серце вступає", а як порадить чи то одному чоловікові, чи й цілій громаді, то хоч цілий майдан старців набери, то й ті вкупі, певно, ліпшої ради не придумають. Віддавна Захар Беркут прийшов був до того твердого переконання, що як чоловік сам один серед громади слабий і безрадний, так і одна громада слаба, і що тільки спільне порозуміння і спільне ділання многих сусідніх громад може надати їм силу і може в кождій громаді поокремо зміцнити свобідні порядки громадські. Тож ніколи, працюючи всілякими способами для своєї Тухольщини, Захар не забував і про сусідні громади. Він за молодших часів часто ходив по громадах, бував на їх копних зборах, старався пізнати добре їх потреби й людей, і всюди ради та намови його змагали до одного: до скріплення дружніх, товариських і братерських зв'язків між людьми в громадах і між громадами в сусідстві. А зв'язки ті були тоді ще досить живі й сильні; ще роз'їдлива князівщина та боярщина не здужала була порозривати їх дорешти,– тому й не диво, що під проводом так усіма любленого, так досвідного і громадському ділу відданого чоловіка, як Захар Беркут, ті зв'язки живо відновилися і зміцніли. Особливо зв'язок з руськими громадами по угорськім боці був дуже важним ділом для Тухольщини, ба й для цілої стрийської верховини, багатої вовною та кожухами, та зате досить убогої на хліб, якого мали подостатком загірні люди. Отже ж то одним із головних старань Захара було – провести зі своєї Тухольщини просту і безпечну дорогу на угорський бік. Довгі літа він носився з тою гадкою, переходив здовж і вшир тухольські полонини, розмірковуючи, куди би найліпше, найбезпечніше і з найменшим коштом можна провести дорогу а заразом старався звільна й ненастанно наклонювати верховинські громади по однім і другім боці Бескида до того діла. При кождій нагоді, на кождій громадській раді він не залишав доказувати користь і потребу такої дороги, поки вкінці не добився сього. Більше як десять громад з ближчої й дальшої околиці прислали до Тухлі своїх виборних на громадську раду, на якій мало обговорюватись побудовання нової дороги. Се був радісний день для Захара. Він не тільки принявся радо сам повитичувати, куди має йти дорога, але також через весь час, поки вона мала будуватися, взявся надзирати за роботою, а окрім того, виправив чотирьох своїх синів до роботи, а п'ятий його син, коваль, мав із своєю перевізною кузнею все бути на місці роботи для направи потрібних знаряддів. Кожда громада висилала по кільканадцять робітників, із запасом свого хліба й своєї страви,– і під проводом невтомного Захара дорога була збудована в однім році. Користі її відразу для всіх стали очевидні. Зв'язок з богатими ще тоді угро-руськими громадами оживив усю верховину; почалася жива і обопільно хосенна обміна здобутків праці: туди йшли кожухи, сир овечий та й цілі отари на заріз, а відтам пшениця, жито та полотна. Але не тільки для такого обмінного торгу була вигідна тухольська дорога; вона була також проводом для всіляких вістей про життя громад по однім і по другім боці Бескида, була живою ниткою, що в'язала докупи дітей одного народу, розбитих між двома державами.

Правда, тухольська дорога була не перша така нитка. Давніша і колись далеко славніша була дуклянська дорога. Але галицько-руським князям вона з многих причин не злюбилася, менше, може, для того, що піддержувала живий зв'язок між громадами по сім і по тім боці Бескида та через те скріплювала в одних і в других вольні громадські порядки, як радше для того, що туди частенько мадярські королі й дуки впадали з військами до Червоної Русі. От тому-то галицькі та перемиські князі старались коли не зовсім замкнути, то, бодай, укріпити тоту входову браму в свої границі, а звісно, що таке "укріплення", зроблене по-державному і для державних цілей, мусіло вийти на шкоду громад і громадської самоуправи. Князі понасаджували здовж дуклянської дороги своїх бояр, понадаровували їм із громадських земель просторі грунти й посідища і вложили на них обов'язок – пильнувати дуклянської брами, в разі воєнного нападу спиняти неприятеля воєнними дружинами, набраними з околичних громад, а також засіками, себто дерев'яними та кам'яними запорами, що ними в тісних місцях завалювано дорогу, чинячи її при якій-такій обороні зовсім непрохідною для ворожих вояків. Розуміється, що ті обов'язки цілим своїм тягарем спадали на селян, на громади. Вони не тільки тратили часть своїх споконвічних земель, на яких розсідалися бояри, але мусили, крім того, ставити варти, давати дружинників та слуг боярам, робити засіки, ба, в разі воєнного часу, піддані були зовсім боярським розказам і боярському судові. Очевидна річ, боярин, обдарований такими широкими правами, ставався силою в селі і, зовсім природно, дбав про побільшення й укріплення своєї сили. Щоб забагатіти, бояри закладали на шляху свої власні засіки-рогачки і побирали з них і в спокійних часах оплату від усякого проїжджого, а се мусило спинити живий рух по дуклянській дорозі, ослабити живі зв'язки між громадами. А рівночасно з ослабленням тих зв'язків мусив іти й упадок вічевих, вільних порядків у самих громадах. Власть боярська не могла й не хотіла обік себе терпіти другої, громадської власті; між боярами а громадами мусило прийти до довгої й тяжкої боротьби, яка вкінці випала на некорить громад. Правда, в тім часі, коли йде наше оповідання, боротьба тота ще далеко не була скінчена, а декуди, в відлюдних гірських селах, ще й зовсім не почалася,– і се були, можна сказати напевно, найщасливіші закутки тодішньої Русі. До таких щасливих закутків належала й Тухольщина, а дорога, проведена через Бескид на Угри, на довгі часи забезпечила її добробуток. Тухольська дорога не була ще в руках боярських, була вільна для кождого, хоч громадяни сумежних з нею селищ, як червоноруського, так і угорського боку, пильно стерегли її від усякого ворожого нападу і давали собі взаїмно знати про всяку грозячу небезпеку, яку таким способом відбивано завчасу і тихо, сполученими силами всіх заінтересованих тим ділом громад. Не диво, проте, що, лежачи при тій дорозі, на середині між Угорщиною і Підгір'ям, Тухольщина раз у раз підносилася не лише добрим побутом, але й свобідним громадським ладом. Своїм приміром вона освіжувала і піддержувала всю дооколичну верховину, а особливо ті села, в яких уже були княжі бояри і в яких почалась уже руйнуюча боротьба між давнім громадством а новим панством. Гаряче слово і велика повага Захара Беркута причинювалася немало до того, що, поки більша часть громад держалася добре в тій боротьбі, бояри не могли так швидко розширювати своєї власті, як їм сього бажалося, і мусили жити в добрій злагоді з громадами, підлягаючи в часах супокою їх копним судам і засідаючи в них поруч з іншими старцями, як рівні з рівними. Але такий стан був боярам дуже немилий; вони ждали воєнного часу, як не знати якого празника, бо тоді всміхалася їм надія – відразу захопити всю власть у свої руки, а при тій нагоді розбити до крихти ненависні громадські порядки, так, аби раз захоплена власть уже не потребувала виходити з їх рук. Але часу воєнного не було. Володар Червоної Русі, князь Данило Романович, хоч і який був ласкавий для бояр – не то що його батько,– але допомогти їм багато не міг, занятий то стараннями о королівську корону, то спорами князів, що дерлись за великокняжий київський престол, а найменше забезпечуванням свого краю против нового, досі нечуваного ворога, монголів, що перед десятьма роками, мов страшна громова хмара, появилися були на східних границях Русі, в наддонських степах, і побили зібраних руських князів у страшній і дуже кровавій битві над рікою Калкою. Але з-над Калки нагло, немов наполошені хоробрістю русичів, вони вернули назад, і ось уже десятий рік минав, а про них не було нічого чути. Тільки глуха тривога ходила по народі, мов гаряча вітрова хвиля ходить по дозріваючім житі, і ніхто не знав, чи хвиля уляжеться, чи, може, нажене з собою грізну, градову тучу. А найменше знали се й надіялись сього князі та бояри. Вони спокійно по погромі над Калкою принялися за свою давню роботу – спори за насліддя престолів і підкопування свобідних та самоуправних громадських порядків. Нерозумні! Вони підривали дуба, котрий годував їх своїми жолудьми! Коли б були свою власть і свою силу повернули на скріплювання, а не на підкопування тих порядків по громадах і живих зв'язків між громадами, то наша Русь, певно, не була б упала під стрілами та топорами монголів, але була б остоялася проти них, як глибоко вкорінений дуб-велетень остоюється проти осінньої бурі!

Щаслива була Тухольщина, бо досі якось обминали її неситі очі князів і бояр. Чи то для того, що лежала так віддалік від світа, між горами та скалами, чи, може, для того, що надто великого багатства в ній не було. Досить того, що бояри якось не мали охоти затісуватися в той закуток. Але і се щастя не було вічне. Нараз одної гарної днини заїхав у тухольські гори боярин Тугар Вовк і, не кажучи нікому ані слова, почав на горбі над Опором, віддалік від Тухлі, але на тухольськім грунті, будувати собі дім. Тухольці з зачудування зразу мовчали і не спиняли нового гостя, далі почали допитуватися його, хто він, відки і за чим приходить сюди?

– Я боярин князя Данила,– гордо відповідав їм Тугар Вовк.– За мої заслуги князь надгородив мене землями й лісами в Тухольщині.

– Але ж се землі й ліси громадські! – відповідали йому тухольці.

– Се мене нічого не обходить,– відказував боярин,– ідіть і в князя допоминайтеся. Я маю його грамоту і більше нічого знати не хочу!

Тухольці кивали головами на такі боярські слова і не казали нічого. А боярин тимчасом починав собі все згорда, все похвалявся княжою ласкою та княжою волею, хоч зрештою наразі й не стісняв ні в чім тухольців і не мішався в їх громадські діла. Тухольці, а особливо молодші, зразу чи то з цікавості, чи з звичайної гостинності частенько сходилися з боярином і робили йому деякі прислуги,– аж нараз, мов сокирою втяв, перестали ходити і, очевидно, зовсім уникали його. Се зразу здивувало, а далі й розсердило боярина, і він почав тепер чинити тухольцям усякі пакості. Дім його стояв якраз над тухольською дорогою, і він, ідучи за приміром інших бояр, поставив на дорозі величезну рогачку і жадав від проїжджих для себе мита. Та тухольці були тугий народ. Вони почули відразу, що тут починається рішуча боротьба, і постановили, за радою Захара Беркута, стояти твердо і невідступне при своїх правах до крайньої крайності. Зараз тиждень по виставленню рогачки вислала тухольська рада громадська своїх відпоручників до Тугара Вовка. Відпоручники завдали йому коротке і рішуче питання:

– Що робиш, боярине? За що спираєш дорогу?

– Так мені хочеться! – відповів гордо боярин.– Коли вам кривда, то йдіть жалуйтесь на мене до князя.

– Але ж се дорога не княжа, а громадська.

– Се мене нічого не обходить!

З тим відпоручники й віддалилися, але зараз по їх відході прийшла з Тухлі ціла ватага сільської молодіжі з сокирами і тихесенько порубала рогачку на дрібні кусні, наклала з неї огонь і спалила її недалеко від боярського двора. Боярин лютився на своїм дворі, кляв поганих смердів, але супротивлятися їм не мав смілості і наразі не робив уже другої рогачки. Перший напад на громадські права був відбитий, але тухольці не радувалися завчасно,– вони добре знали, що се тільки перший напад і що за ним треба надіятись інших. І справді так воно сталося. Одного дня прибігли до Тухлі вівчарі, голосячи сумну вість, що боярські слуги зганяють їх із найкращої громадської полонини. Не вспіли вівчарі до ладу розказати свого, коли втім прибігли громадські лісничі, кажучи, що боярин відмірює і запальковує для себе величезний кусень найкращого громадського ліса. Знов громадська рада вислала відпоручників до Тугара Вовка.

– За що, боярине, кривдиш громаду?

– Я беру тільки те, що мені мій князь дарував.

– Але ж се не княжі, а громадські землі! Князь не міг дарувати того, що до нього не належить.

– Ну, то йдіть на князя жалуйтеся,– відказав їм боярин і відвернувся від них.

Від тої пори почалася правдива війна між бояром і тухольцями. То раз тухольці зженуть боярські стада зі своїх полонин, то боярські слуги зженуть тухольські отари. Ліса, загарбаного бояром, стерегли і громадські, і боярські лісничі, між котрими не раз приходило до сварки і бійки. Се лютило боярина чимраз дужче, і він вкінці казав убивати тухольську худобу, придибану

на загарбаних полонинах, а одного громадського ліс-
ничого, придибаного в заграбленім лісі, велів прив'я-
зати до дерева і сікти терновими різками мало що не на
смерть. Сього було вже замного тухольській громаді.
Многі голоси обізалися за тим, аби по давньому зви-
чаю до боярина приложити закон про непокірного і
шкідного громадянина, розбійника та злодія, і вигна-
ти його з обсягу громадських земель, а дім його зруй-
нувати дотла. Велика часть громадян пристала на се,
і певно, що круто прийшлось би було тоді бояринові,
коли б Захар Беркут не був висловив тої думки, що не
належиться засуджувати нікого, не вислухавши вперед
його оправдання, і що справедливість домагається за-
кликати боярина поперед усього на громадський коп-
ний суд, дати йому можність витолкуватися і аж потім
поступати з ним так, як осудить громада при повнім
спокою й розвазі. Тої розумної ради послухала тухоль-
ська громада.

Певно, ніхто в нинішнім зборі не розумів так добре
важності сеї хвилі, як Захар Беркут. Він бачив, що тут
ціле діло його життя важиться на вістрю громадського
засуду. Та й коби-то в тім засуді ходило лиш о просту
справедливість, то Захар був би спокійний і покладався
б уповні на громадський розум. Але тут приходилося
розважати – перший раз на тухольськім копнім суді –
також інші, посторонні, а безмірно важні обставини,
що запутували справу майже до безвихідності. Захар
розумів добре, що засуд, чи прихильний, чи неприхиль-
ний для боярина, грозить громаді великою небезпекою.
Прихильний засуд, значить, признання не так права, як
сили, по стороні боярина, раз назавсіди упокорить пе-
ред ним громаду, віддасть йому в руки не тільки загар-

бані ліси й полонини, але й цілу громаду, буде першим і найтяжчим виломом у вільнім громадськім устрою, над якого відновленням і скріпленням він ненастанно трудився протягом сімдесятьох літ. А неприхильний засуд, що вирече прогнання боярина з громади, грозить також немалою небезпекою. Ану ж боярин зуміє підмовити князя, розбудити його гнів, переконати його, що тухольці – бунтівники? Се може стягнути велику бурю або й цілковиту руїну на Тухольщину, як подібні засуди кілька разів уже стягали руїну на інші громади, що їх князі узнавали за бунтівничі і віддавали боярам та їх дружинам на розграблення та на знищення. Оба ті важкі виходи нинішньої ради наповняли серце старого Захара великим сумом, і він щиро молився духом перед почином ради до великого Дажбога-Сонця, щоб той просвітив розум його й його громади і дав їм знайти праву стежку серед усіх тих трудностей.

– Чесна громадо! – так зачав він свою бесіду.– Не буду від вас скривати, та й, впрочім, ви й самі то добре знаєте, які важкі і великі діла чекають сьогодні нашого громадського розсуду. Коли поглядаю на те, що довкола нас робиться і що нам грозить, то так і здається мені, що наше дотеперішнє спокійне громадське життя пропало безповоротно, що тепер наступає для нас усіх пора – показати на ділі, в боротьбі, чи наші громадські порядки справді міцні й добрі, чи можуть видержати надходячу важку бурю. Яка се буря надходить на нас, і то не з одного боку, се ви знаєте і почуєте ще ширше на нинішній раді, тож про се я тепер не потребую говорити. Я хотів би тільки показати вам і вбити незнищимо в вашу тямку те становище, на якім би нам, по моїй думці, треба стояти, твердо стояти до крайньої крайности.

А втім, і тут ні я, ні ніхто інший не має власти над вами: схочете, то послухаєте, а не схочете – воля ваша! Тільки ж кажу вам, що сьогодні ми стоїмо на розстайній дорозі, сьогодні нам прийдеться вибрати: сюди чи туди. Тож годиться нам, людям старим і досвідним, добре виясни́ти собі той вибір і ті дороги, на які він може повести нас, і те місце, на котрім ми стоїмо тепер!

– Погляньте, чесна громадо, на те наше копне знамено, котре від п'ятдесятьох літ чує наші слова і бачить наші діла. Чи знаєте ви, що виражають його знаки? Святі і поважні старці, батьки наші, зробили його і передали мені його значіння, "Захаре,– сказали вони,– колись, у хвилі найгрізнішої небезпеки, коли життя наверне супротивну хвилю на громаду і загрозить її порядок,– тоді ти відкриєш громаді, що значить се знамено, а заразом відкриєш, що на нім спочиває наше і нашого духа-опікуна благословенство, що відступлення від тої дороги, яку вказує те знамено, буде найбільшим нещастям для громади, буде початком її цілковитого упадку!"

Захар утих на хвилю. Його бесіда зробила велике враження на всіх громадян. Усіх очі звернені були на знамено, що на високій жердці, встромленій у камінь, стояло перед громадою, блискотіло срібною оковою на своїх кільцях і повивало кармазиновою хоруговкою, немов переливалось живою кров'ю.

– Я досі не говорив вам про се нічого,– говорив Захар дальше,– бо часи були спокійні. Але сьогодні пора се зробити. Глядіть на нього, на се знамено наше! З одного здорового пня вироблений весь той суцільний ланцюг, сильний і немов замкнутий у собі, а прецінь свобідний в кождім поєдинчім колісці, готовий прийняти всякі зв'язки. Сей ланцюг – то наш руський рід, такий, який вийшов з рук добрих, творчих духів. Кожне колісце в тім ланцюзі – то одна громада, нерозривно, з самої природи зв'язана з усіма іншими, а проте свобідна сама в собі, немов замкнена сама в собі, живе своїм власним життям і вдоволяє свої потреби. Тільки така суцільність і свобода кождої поодинокої громади робить усю цілість суцільною й свобідною. Нехай тільки одно колісце трісне, розпадеться само в собі, то й цілий ланцюг розпадеться, одноцілий його зв'язок розірветься. От так і упадок вольних громадських порядків у одній громаді стає раною, котра приносить недугу, а то й заразу для цілого тіла нашої святої Русі. Горе громаді, котра добровільно станеться тою раною, котра не ужиє всіх сил і способів, щоб удержати себе при здоров'ю! Ліпше би було такій громаді щезнути з лиця землі, запастися в безодню!

Остатні слова Захара, сказані грізним, піднесеним голосом, приглушили в ушах слухаючої громади шум водопаду, що недалеко гримав собою о камінь і, мов живий стовп кришталю, граючи проти сонця всіми барвами веселки, видавався блискучою пасмугою понад головами громади.

Захар говорив дальше:

– Гляньте ще раз на се знамено! Кожде колісце його ланцюга сковане блискучими срібними оковами в гарні узори. Окови ті не обтяжають колісця, а додають йому оздоби й тривкості. Так само кожда громада має свої дорогоцінні установи і порядки, породжені потребами, упорядковані розумом мудрих батьків наших. Порядки ті святі, але не для того, що давні, що батьками нашими уладжені, тільки для того, що свобідні, що не в'яжуть нікого доброго в добрім діланню, а в'яжуть лиш злого, що хотів би шкодити громаді. Порядки ті не в'яжуть і громаду, а тілько додають їй сили і власти для охорони всього, що добре і хосенне, а для знищення всього, що зле і шкідне. Коли б не ті срібні окови, дерев'яні обручки легко могли би потріскати, і вся одноцілість ланцюга пропала би. Так само, якби не наші святі громадські установи, то й уся громада пропала би. Уважайте ж, чесна громадо! Злодійські руки простягаються, щоб обдерти ті срібні окови з нашого колісця, щоб ослабити і ногами потоптати наш громадський лад, при якім нам так добре жилося!

– Ні, ми не попустимо їм того! – крикнула разом однодушно громада.– Станемо в обороні своєї свободи, хоч би прийшлося нам і остатню краплю крови пролити!

– Добре, діти! – сказав зворушений Захар Беркут,– так воно й треба! Вірте мені, се дух нашого великого Сторожа прорік із вас! Ви його силою вгадали значіння тої хоругви, що повіває на нашім знамені. Чому вона червона? Бо значить кров! До остатньої краплі крови повинна боронити громада своєї свободи, свого святого ладу! І вірте мені, недалеко та хвиля, котра справді запотребує від нас крови! Будьмо готові й її пролити в своїй обороні!

В тій хвилі очі всіх громадян, немов на даний знак, звернулися в сторону села.

Там, на шляху, що вів від села попри водопад у гори, показалася невеличка громада пишно построєних, оружних людей. Се йшов у всій своїй пишноті на тухольську раду боярин Тугар Вовк зі своєю дружиною.

Неважаючи на гарячу весняну днину, боярин був у повній рицарській збруї: в панцирі з залізної, блискучої бляхи, в таких же набедриках і наголінниках і в блискучім спижевім шоломі з розвіяною поверх нього китою з когутячих косиць. При боці у нього теліпався в піхві тяжкий бойовий меч, через плечі перевішений був лук і сагайдак зі стрілами, а за поясом стримів топір, блискучий широким сталевим вістрям і бронзою набиваним обухом. Поверх усеї тої страшної зброї, на знак супокійного свого наміру, боярин накинув вовчу шкіру з пащею, переробленою в защіпку на груди, і з лабами, що острими кігтями обхапували його пояс. Довкола боярина йшло десять вояків, лучників і топірників, повбираних у такі ж вовчі шкіри, але без панцирів. Мимоволі стрепенулася тухольська громада, побачивши наближення тої вовчої дружини; всі зрозуміли, що се власне й є той ворог, який напосівся на їх свободу й незалежність. Але поки що вони ще не надійшли, а Захар кінчив свою бесіду.

– Ось надходить боярин, котрий хвалиться, що з милости для нього князь подарував йому наші землі, нашу свободу, нас самих. Бачте, як гордо виступає він у тім почутті княжої милости, в тім почутті, що він княжий слуга, що він раб! Нам не потрібно милости від боярина і ні за що ставати нам рабами – се причина, для чого він ненавидить нас і прозиває нас смердами. Але ми знаємо, що гордість його пуста і що правдиво свобідному чоловікові личить не гордість, а супокійна повага та розум. Заховайте ж проти нього ту повагу і той розум, щоб не ми упокорили його, а сам він у глибині свого сумління почув себе упокореним! Я скінчив.

Тихий шепіт вдоволення і радісної рішучості пройшов по громаді. Захар сів на своє місце. Хвилю стояла мовчанка на майдані, поки Тугар Вовк не наблизився до ради.

– Здорові були, громадо! – сказав він, дотикаючи рукою свого шолома, але не знімаючи його з голови.

– Здоров будь і ти, боярине! – відповіла громада.

Тугар Вовк гордим, безпечним поступом вийшов перед громаду і, ледве окинувши її оком, проговорив:

– Ви кликали мене перед себе,– і ось я. Чого хочете від мене?

Слова ті сказані були різким, гордим голосом, котрим боярин, очевидно, хотів показати громаді свою вищість. При тім він не дивився на громаду, але обертав у руках свій топір і немов любувався блиском його вістря та обуха, показуючи явно, що глибоко погорджує цілою тою радою.

– Ми закликали тебе, боярине, перед суд громадський, щоб, заким осудимо твої поступки, вислухати твого слова. Яким правом і в якій цілі ти робиш кривду громаді?

– На суд громадський? – повторив, немов зачудуваний, Тугар Вовк, обертаючись лицем до Захара.– Я княжий слуга і боярин. Ніхто не має права судити мене, окрім князя і рівних мені бояр.

– Про се, боярине, чий ти слуга, ми не будемо з тобою сперечатися,– се нас нічого не обходить. А про твоє право поговоримо пізніше. Тепер тільки будь ласкав сказати нам: відкіля прийшов ти в наше село?

– Зі столичного княжого міста Галича.

– А хто велів тобі йти сюди?

– Мій і ваш пан, князь Данило Романович.

– Говори про себе, а не про нас, боярине! Ми вольні люди і не знаємо ніякого пана. А чого ж велів тобі твій пан іти в наше село?

Лице боярина облилося червоною пасмугою злості при тих словах Захара. Хвилю він вагувався, чи відповідати дальше на його допитування, далі погамував свій невчасний порив.

– Він велів мені бути сторожем його земель і його підданих, воєводою й начальником Тухольщини, і дав мені і моїм потомкам у вічне посідання тухольські землі в надгороду за мою вірну службу. Ось його грамота, його печать і підпис!

При тих словах боярин гордим рухом руки вийняв із-за широкого ремінного пояса княжу грамоту і підняв її вгору, показуючи громаді.

– Сховай свою грамоту, боярине,– сказав спокійно Захар,– ми не вміємо її читати, а печать твого князя для нас не закон. Радше сам ти скажи нам, хто се такий, той твій князь?

– Як то? – крикнув здивований боярин.– Ви не знаєте князя Данила?

– Ні, не знаємо ніякого князя.

– Володаря всіх земель, усіх осель і міст від Сяну аж до Дніпра, від Карпат аж до устя Буга?

– Ми не видали його ніколи, і у нас він не володар. Адже пастух, володар отари, стереже її від вовка, гонить її в спеку полудня до холодного потока, а в холод ночі до теплої, безпечної кошари. А князь чи робить се зі своїми підвладними?

– Князь робить з ними ще більше,– відповів боярин.– Він дає їм мудрі права і мудрих суддів, посилає їм своїх вірних слуг, аби боронили їх від ворога.

– Не по правді сказав ти се, боярине,– замітив строго Захар.– Бач, сонце на небі закрило своє ясне лице, щоб не слухати твоїх кривих слів! Мудрі права наші походять не від твого князя, а від дідів і батьків наших. Мудрих суддів княжих ми не видали досі і жили тихо, в згоді й ладі, судячись самі громадським розумом. Батьки наші здавна вчили нас: один чоловік – дурень, а громадський суд – справедливий суд. Без княжих воєвод жили наші батьки, жили й ми досі, і, як бачиш, хати наші не попустошені і діти наші не забрані до ворожої неволі.

– Так було досі, але відтепер не так буде.

– Як буде відтепер, сього ми не знаємо і ти, боярине, не знаєш. Одно ще тільки скажи нам: твій князь чи справедливий чоловік?

– Весь світ знає і подивляє його справедливість.

– То він, певно, і тебе вислав, щоб ти в наших горах насаджував справедливість?

Боярин змішався сим простим питанням, але по хвилевім ваговінню сказав:

– Так.

– А як думаєш, боярине, чи справедливий може несправедливо кривдити своїх підвладних?

Боярин мовчав.

– Чи може він несправедливими поступками насадити в їх серцях справедливість і, кривдячи їх, з'єднати для себе їх любов і повагу?

Боярин мовчав, граючись вістрям свойого топора.

– Гляди ж, боярине,– закінчив Захар.– Уста твої мовчать, але сумління твоє каже, що се не може бути. А прецінь же твій справедливий князь зробив се з нами, з нами, котрих він не бачив і не знає, котрих добром і щастям він не турбується, котрі йому не вчинили нічого злого, але, навпаки, щороку складають йому богату данину. Як він міг се зробити, боярине?

Тугар Вовк блиснув гнівно очима на Захара і сказав:

– Плетеш дурниці, старий. Князь нікого не може скривдити!

– А прецінь нас скривдив, отою самою грамотою, котрою ти так хвалишся! Бо зважай лишень: чи не скривдив би я тебе, якби без твоєї волі зняв із тебе отой блискучий панцир і дав його мойому синові? А таке саме діло зробив твій князь із нами. Що для тебе панцир, то для нас земля й ліс. Від віків ми вживали їх і берегли, як ока в голові,– а тут нараз приходиш ти в імені свого князя і кажеш: "Се моє! Мій князь дав мені се в надгороду за мої великі заслуги!" І проганяєш наших пастухів, убиваєш нашого лісничого на нашій власній землі! Скажи ж, чи можемо ми уважати твого князя справедливим чоловіком?

– Ти помилився, старче! – сказав Тугар Вовк.– Усі ми – власність князя, зі всім, що маємо, з худобою й землею. Князь один вільний, а ми його невільники. Його ласка – то наша воля. Він може зробити з нами, що хоче.

Мов удар обуха в тім'я, так оглушили ті слова Захара Беркута. Він похилив свою сиву голову додолу і довгу хвилю мовчав, не знаючи, що й казати. Мертвецьки понуро мовчала й уся громада. Вкінці Захар устав. Лице його ясніло. Він підніс руки догори, до сонця.

– Сонце преясне! – сказав він.– Ти, благотворне, вольне світило, не слухай тих огидних слів, які осмілився сей чоловік сказати перед твоїм лицем! Не слухай їх, забудь, що вони сказані були на нашій, досі й помислом таким не оскверненій землі! І не карай нас за них! Бо безкарно ти не пропустиш їх, то знаю. І коли там, у тім Галичі, довкола князя наплодилось богато таких людей, то ти зітри їх із лиця землі, але за кару не погуби разом із ними всього нашого народу!

І по тім Захар успокоївся, сів і знову звернувся до боярина.

– Ми чули, боярине, твоє переконання,– сказав він.– Не повторяй його другий раз перед нами, нехай воно при тобі лишається. Послухай же тепер, яка наша думка про твого князя. Послухай і не прогнівайся! Сам бачиш і знаєш, що вітця й опікуна ми в нім бачити не можемо. Отець знає свою дитину, її потреби й бажання, а він не знає нас і не хоче знати. Опікун береже свого підручного від ворога і від усякої шкоди,– князь не береже нас ні від сльоти, ні від тучі, ні від граду, ні від медведя,– а се наші найгірші вороги. Він, щоправда, голосить, що береже нас від нападів угорських вояків. Але як береже нас? Насилаючи на нас іще гірших ворогів, ніж угри – своїх несситих бояр з їх дружинами. Угри нападуть, заберуть, що можна, і підуть; боярин як нападе, то вже й осяде і не вдоволиться ніякими добичами, а рад би нас усіх навіки поробити рабами. Не вітцем і опікуном ми вважаємо твого князя, але карою божою, зісланою на нас за гріхи наші, від якої мусимо відкупуватися щорічними данинами. Чим менше ми про нього знаємо, а він про нас, тим ліпше для нас. І коби вся наша Русь могла позбутися сьогодні його з усіма його ватагами, то, певно, була би ще щаслива і велика!*

З дивним чуттям у серці слухав Тугар Вовк тих гарячих слів старого бесідника. Хоч вихований при княжім дворі і зіпсований гниллю та підлотою, він усе-таки був рицар, вояк, чоловік і мусив відчути серцем хоч крихту того чуття, яке так сильно порушувало серце Захара Беркута. А притім же він далеко не по щирій совісті виповідав уперед свої слова про необмежену власть князя; його душа й сама не раз бунтувалися проти тої власті, а тут він тільки хотів заслонити показом на княжу власть свої власні забаги такої ж власті. Не диво, що слова Захара Беркута запали йому глибше в душу, ніж він сам того бажав. Він перший раз зі щирим подивом глянув на нього, але заразом і жаль йому зробилося того велетня, якого упадок, по його думці, був близький і неминучий.

– Старче, старче,– сказав він,– жаль мені твого сивого волоса і твого молодечого серця. Довгий час прожив ти на світі, здається навіть, що занадто довгий! Живучи серцем у давнині і в горячих думах молодости, перестав ти розуміти нові, теперішні часи, їх погляди та потреби. Те, що було давно, не мусить бути й тепер, ані вічно. Все, що живе,– переживається. Пережилися й твої молодечі думи про свободу. Важкі тепер часи надходять, старче! Вони домагаються конечно одного, сильного володаря в нашім краю, котрий би в однім осередку згромадив і в свою руку уняв усю силу цілого народа для оборони його перед ворогом, що надтягає зі сходу сонця. Ти, старче, не знаєш усього того, і тобі здається, що давні часи ще тривають.

– І тут ти помилився, боярине,– сказав Захар Беркут.– Не подоба старому вдаватися в молоді мрії, а на сучасність жмурити очі. Але ж тричі не подоба йому помітуватися добрим для того, що воно старе, а хапати за лихе для того, що воно нове. Се звичай молодиків, і то зле вихованих молодиків. Ти закидаєш мені, що я не знаю того, що діється довкола нас. А тимчасом не знати ще, хто з нас двох більше і докладніше се знає. Ти натякнув мені на страшного ворога, що грозить нам зі сходу сонця, і висловив думку, що наближення того ворога вимагає згромадження всеї народної сили в одних руках. Тепер я скажу тобі, що я знаю про того ворога. Правда, боярине, до тебе вчора прибіг княжий післанець, який оповістив тебе про новий напад страшних монголів на нашу країну, про те, що вони по довгім опорі заняли Київ і зруйнували його дотла і тепер величезною хмарою тягнуть на наші червоноруські землі. Ми, боярине, знали се ще перед тижнем і знали про княжого післанця, виправленого в отсі сторони, та про його вісти. Княжий післанець прибув пізненько – наші післанці далеко скоріше ходять. Монголи давно вже заповнили нашу Червону Русь, понищили богато городів і сіл і розділилися на дві ріки. Одна пішла на захід, мабуть, під Судомир, у польську країну, а друга йде горі долиною Стрия в наші сторони. Правда, боярине, що ти ще не знав сього?

Тугар Вовк з подивом, майже зо страхом, глядів на старого Захара.

– А відки ти се знаєш, старче? – запитав він.

– Я й се скажу тобі, щоб ти знав, яка сила в громадах і в їх вольнім союзі. Зі всіми підгірськими громадами ми стоїмо в зв'язку: вони обов'язані нам, а ми їм доносити якнайшвидше всякі вісти, важні для громадського життя. Підгірські ж громади стоять у зв'язках з дальшими, покутськими та подільськими, тож про все, сяк чи так важне для нас, що діється на нашій Червоній Русі, йде блискавкою вість від громади до громади.

– Що вам з вістей, коли помогти собі не можете! – згірдно буркнув боярин.

– Правду сказав ти, боярине,– сумно відповів Захар.– Подільські та покутські громади не можуть допомогти собі, бо вони обдерті та обезсилені князями та боярами, які не позволяють їм мати своє оружжя, ані вправлятися в робленню ним. От і бачиш, боярине, що се значить: єдинити силу народа в одних руках! Щоби з'єдинити в одних руках силу народа, треба ослабити силу народа. Щоб одному надати велику власть над народом, треба кожній громаді відібрати її свободу, треба розбити громадські зв'язки, обезоружити громадські руки. А тоді всяким монголам одверта дорога в нашу країну. Бо поглянь тепер на нашу Русь! Твій владник, твій могучий князь Данило пропав десь безвісти. Замість обернутися до свого народа, віддати йому його свободу і зробити з нього живу, непоборну запору проти монгольського наїзду, він, поки монголи руйнують його край, побіг до угорського короля, у нього благаючи помочі. Але угри не поквапні помагати нам хоч і їм самим грозить та сама навала. Тепер твій Данило щез десь, і, хто знає, може, незадовго його побачите в таборі монгольського хана як його вірного підданця, щоб ціною неволі й пониження перед сильнішим купити собі власть над слабшими.

Боярин слухав того оповідання, і вже голова його почала укладати плани: що діяти? як використати таку пору?

— Так, кажеш, монголи грозять нападом і отсим горам?

Захар якось значучо всміхнувся на те запитання.

— Грозять, боярине.

— І що ж ви думаєте робити? Піддаватися чи боронитися?

— Піддаватися їм не можна, бо всіх, хто їм піддається, женуть вони на службу, і то в перші ряди, в найтяжчі бої.

— Значить, ви хочете боронитись?

— Що сила наша, спробуємо зробити.

— Коли так, то прийміть мене за свого воєводу. Я вас поведу до бою проти монголів!

– Постій, боярине, ми ще не дійшли до вибору воєводи. Ти ще не витолкувався зі своїх поступків у нашій громаді. Твою щиру волю до служби громаді ми приймемо, але батьки наші казали нам, що до чистого діла треба й чистих рук. А чи будуть твої руки чисті до такого діла, боярине?

Тугар Вовк змішався троха таким наглим зворотом, а далі сказав:

– Старче, громадо,– покиньмо давні угрози! Ворог зближається, з'єднаймо свої сили проти нього! Доправдуючись своєї урази, ви можете лише пошкодити ділу, а хісна ніякого собі не добудете.

– Ні, боярине, не говори сього! Не своєї урази ми доправдуємось, але самої правди. Неправдою прийшов ти до нас, боярине, не по правді поступав з нами,– і як же ми можемо повірити тобі начальство над собою в війні з монголами?

– Старче, ти, бачу, завзявся роздратувати мене?

– Боярине, уважай, що тут суд громадський, а не забава! Скажи мені: осідаючи на тухольській землі, чи хотів ти бути членом громади, чи ні?

– Я присланий сюди князем як воєвода.

– Ми сказали тобі, що не признаємо права твого над нами, а особливо права на нашу землю. Не тикай, боярине, наших земель і наших людей, а тоді, може, ми приймемо тебе до своєї громади як рівного між рівних.

– От як! – скрикнув гнівно Тугар Вовк.– Отака ваша справедливість! То я мав би нехтувати княжу ласку, а допрошуватися ласки від смердів?

– Що ж, боярине, інакше ти не можеш бути нашим громадянином, а неналежного до громади громада й терпіти у себе не схоче!

– Не схоче терпіти? – насмішливо скрикнув Тугар Вовк.

– Батьки наші казали нам: шкідного і непотрібного члена громади, розбійника, конокрада або постороннього, що без волі громади забирав би громадські землі, з родиною такого прогнати з границь громадських, а дім його розвалити і зрівняти з землею.

– Ха, ха, ха! – зареготався силуваним сміхом боярин.– То ви сміли б мене, княжого боярина, наділеного княжою ласкою за мої заслуги, рівняти з розбійниками і конокрадами?

– Що ж, боярине,– а скажи сам по совісти, чи ліпше ти поступаєш з нами, як розбійник? Адже ж землю нашу забираєш – наше найбільше і єдине добро. Людей наших гониш і вбиваєш на смерть, худобу нашу стріляєш! Чи так роблять чесні громадяни?

– Старче, покинь таку мову, я її не можу слухати, вона нарушує мою честь.

– Постій, боярине, я ще не скінчив,– сказав спокійно Захар Беркут.– Отсе ти згадав про свою честь і раз у раз говориш про свої великі заслуги. Будь ласкав, скажи нам, які се твої заслуги, щоб і ми могли вшанувати їх!

– У двадцятьох битвах я проливав свою кров!

– Кров свою проливати, боярине, се ще не заслуга. І розбійник не раз проливає свою кров, а його ж за те вішають. Скажи нам, проти кого і за ким ти воював?

– Проти князя київського, проти князів волинських і польських, і мазовецьких...

– Досить, боярине! Ті війни – се ганьба, не заслуга, і для тебе, і для князів. Се чисто розбійницькі війни.

– Я воював і проти монголів над Калкою.

– І як же ти воював проти них?

– Як то як? Так, як повинен був воювати, не вступаючись із місця, поки, ранений, не дістався до неволі.

– Отсе ти добре сказав,– не знаємо тілько, чи се правда.

– Як не знаєте, то й не мішайтеся в те, чого не знаєте.

– Постій, боярине, не насміхайся над нашим незнанням. Постараємось переконатися.

І за тим словом Захар устав і, звертаючись до громади, сказав:

– Чесна громадо, ви чули признання боярина Тугар Вовка?

– Чули.

– Чи може хто свідчить за ним або против нього?

– Я можу! – озвався голос із народа. Мов стрілою пораженний, стрепенувся боярин на той голос і перший раз уважно, з якоюсь тривогою поглянув на громаду.

– Хто може свідчити, нехай вийде перед громаду і свідчить,– сказав Захар.

Перед громаду вийшов нестарий ще чоловік, каліка, без руки і ноги, навхрест перекалічений. Лице його було порите глибокими шрамами. Се був Митько Вояк, як звала його громада. Перед кількома літами зайшов він до громади на кулі, розповідаючи страшні вісті про монголів, про битву над Калкою, про погром руських князів і про смерть тих, що дісталися до неволі, а потім під час обіду монгольських полководців були удушені під дошками, на яких монголи засіли до учти. Він, Митько, також був у тій битві в дружині одного боярина і разом з ним дістався до неволі, з якої потім якимсь чудом уйшов. Довго блукав він по селах і містах святої Русі, поки вкінці не зайшов і до Тухлі. Тут йому сподобалося жити, а що своєю одною рукою вмів плести скусні коші і знав багато пісень та оповідань про далекі краї, то громада приняла його в свої члени, живила його і зодягала за чергою, загально люблячи і поважаючи його за рани, понесені в війні з наїзником, і за його чесний, веселий характер. Отой-то Митько тепер вийшов свідчити проти боярина.

– Скажи нам, Вояче Митьку,– почав питати його Захар,– ти знаєш сього боярина, проти котрого хочеш свідчити?

– Знаю,– відповів твердим голосом Митько.– В його дружині я служив і був у битві над Калкою.

– Яке ж свідоцтво хочеш ти зложити проти нього?

– Мовчи, підлий рабе! – скрикнув, поблідніши, боярин.– Мовчи, а то тут буде й конець твойому нужденному життю!

– Боярине, я тепер не раб твій, але вільний громадянин, і тільки моя громада може веліти мені мовчати. Я досі мовчав, але тепер мені велять говорити. Чесна громадо! Свідоцтво моє проти боярина Тугара Вовка велике і страшне: він зра...

– Мовчав досі, то мовчи і далі! – ревнув боярин, блиснув топір, і Митько Вояк з розлупаною головою, окровавлений, упав додолу.

Охнула громада і зірвалася на ноги. Страшний крик залунав довкола.

– Смерть йому! Смерть! Він зганьбив святість суду! На раді забив мужа нашого!

– Смерди погані! – скрикнув до них боярин.– Не боюсь вас! От так буде кождому, хто поважиться торкнути мене чи рукою, чи словом. Гей, мої вірні слуги, сюди, до мене!

Лучники і топірники, хоч самі бліді й тремтючі, обступили боярина. Грізний, червоний з лютості, стояв він посеред них з кровавим топором у руці. На знак Захара громада втихла.

– Боярине,– сказав Захар,– ти смертельно провинивсь проти бога і громади. Ти на суді забив свідка, нашого громадянина. Що він хотів проти тебе свідчити, ми не дізналися і не хочемо знати,– нехай твоя совість судить тебе. Але своїм убійством ти признався до вини і поповнив нову вину. Громада не може тебе терпіти на своїй землі. Віддалися з-між нас! За три дні віднині прийдуть наші люди, щоб розвалити твій дім і загладити навіть слід твого буття у нас.

– Нехай приходять! – крикнув люто боярин.– Побачимо, хто чий слід загладить. Я плюю на ваш суд! Рад побачити того, хто приступить до мого дому! Ану, мої слуги, ходімо з сього поганого збору!

Боярин віддалився зі своїми слугами. Довгий час стояла мовчанка в зборі. Молодці винесли кроваве тіло Митька Вояка.

– Чесна громадо,– сказав Захар,– чи воля ваша поступити з боярином Тугаром Вовком так, як батьки наші веліли поступати з такими людьми?

– Так, так! – загула громада.

– Кого ж вибираєте до сповнення громадської волі?

Вибрано десять молодців, між ними й Максима Беркута. Важко було Максимові приймати сей вибір. Хоч і як ненависний був йому боярин, але все-таки він був вітцем тої, котра мов чаром опанувала його серце і його мислі, за котру він віддав би був життя. А тепер, о горе, і вона була засуджена, безвинно, за батькову провину. Але проте Максим не відпирався від вибору. Хоч і як тяжке для нього було завдання сповнити громадський засуд, усе-таки він у глибині свого серця радувався ним:

адже ж при тій нагоді він побачить її! А може, йому удасться як-небудь потішити її, злагодити хоть своєю щирістю острий засуд громади!..

А тимчасом рада громадська йшла далі своєю чергою. Прикликано післанців від сторонських громад, щоб і з ними нарадитись над тим, як боронитися проти нападу монголів.

– Зруйновані ми,– говорив післанець підгірських громад.– Села наші попалені, худоби зрабовані, молодіж вигибла. Широкою рікою розлилися пожежі і знищення по Підгір'ю. Князь не дав нам ніякої оборони, а бояри, що тисли нас в часи спокою, зрадили нас у потребі.

Післанці з Корчина й Тустаня говорили:

– Нам грозить залива. Понижче Синевідська на рівнині біліються вже шатри монголів. Іде їх сила незлічима, і ми й думати не можемо про боротьбу й опір, але забираємо все і втікаємо в ліси та в гори. Бояри наші зачали були робити засіки на шляху, але якось вагуються. Шепчуть люди, що хотять запродати шляхи наші монголам.

Післанці з інших верховинських громад говорили:

– У нас урожаї лихі, а тепер з долів набігло до нас богато народа. Передновинок тяжкий. Рятуйте нас і наших гостей, поможіть перебути чорну годину!

Післанці з угро-руських громад сказали:

– Чули ми, що монгольська залива йде у угорську країну. На бога і богів батьків наших взиваємо вас, сусіди і браття, спиніть тоту страшну хмару, не допустіть її звалитися в нашу країну! Ваші села – твердині; кожда скала, кожда дебра ваша стане за тисячу вояків. А скоро раз вони переваляться через гори, то вже там ніяка сила не спинить їх, і всі ми погибнемо марно. Ми готові дати вам поміч, якої зажадаєте, і хлібом, і людьми, тільки не опускайте рук, не тратьте надії, ставайте до бою з поганим наїзником!

Тоді Захар Беркут сказав:

– Чесна громадо і ви, чесні посли сусідські! Всі ми тут чули, яка страшна хмара йде на нашу країну. Воєнні сили виступали проти них і погибли. Сила їх велика, а нещасні порядки на наших долах дозволили їм зайти аж у серце нашого краю, перед поріг нашої хати. Князі й бояри потратили голови або зраджують край свій очевидячки. Що нам тут зробити? Як нам боронитися? Я думав би, що нам поза границі нашої Тухольщини удаватися не можна. Шлях наш при вашій помочі, чесні загірні громадяни, ми чень оборонимо. Але інших шляхів ми оборонити не можемо. Се буде ваше діло, чесні тустанські громадяни, а коли б нам удалося наше діло, то ми й вам радо підемо допомагати.

На те сказали тустанські післанці:

– Знаємо ми, батьку Захаре, що вам ніяк іти нас боронити і що в тій тяжкій годині треба, щоб кождий поперед усього за себе стояв. Але зважте лише, що наші громади не такі щасливі, як ваша, що бояри забрали нас у руки і вони держать сторожу над засіками й проходами. А як вони схотять видати їх монголам, то що ж ми порадимо? Лиш одного ми надіємось, і се може ще спасти нас: що монголи не підуть на ваш шлях і що в такім разі ви, забезпечивши свій шлях вартою, будете могли рушити нам на поміч.

– Ей, громадяни, громадяни,– сумовито, але і з докором сказав Захар,– і сила, бачиться, у вас у руках, і розум у головах, як у мужів, а бесіда ваша дитяча! Покладаєте надію на "може" та на "хто знає". Адже ж сього будьте певні, що скоро нам не грозитиме небезпека, то ми всею громадою прийдемо вам на поміч. Але поперед усього вам належалось би забезпечити себе проти ваших власних ворогів – бояр. Доки в їх руках засіки і проходи, доти ви й дихнути безпечно не можете. Кождої хвилі сей прехитрий рід може продати вас. Пора вам не дрімати, але вдарити в дзвони і громадами поскидати з себе ті пута, в які обпутала вас боярська неситість і княжа сваволя. Поки сього не буде, поти й ми не зможемо допомогти вам.

Сумно похилили голови тустанські післанці на ті Захарові слова.

– Ей, батьку Захаре,– сказали вони,– знаєш ти наших громадян, а говориш, немовби зовсім не знав їх. Зломана у них давня відвага, притоптана їх воля. За твою раду дякуємо тобі і передамо її нашим громадам, але чи підуть вони за нею?.. Ей, коби ти був між ними і сказав їм своє слово!

– Невже ж таки, чесні сусіди, моє слово у ваших громадян може мати більшу вагу, ніж їх власна потреба, ніж їх власний розум? Ні! Коли б так було, то нічого вже й моє слово вам не поможе, то вже пропали наші громади, пропала наша Русь!

Сонце геть-геть уже схилилося з полудня, коли тухольська громада по скінченій раді вертала до села. Без радісних співів і викриків, сумно, повагом ішли старі й молоді, повні важких дум. Що то принесуть їм будущі дні?

Післанці сторонських громад, піднесені на дусі й заохочені, порозходилися. Тільки копне знамено, знак сили і згоди громадської, повівало високо і весело в повітрі, і весняне небо яснію пречистим блакитом, немов не бачучи земної журби та тривоги.

IV

Широкою рікою плили по Русі пожежі, руїни та смерть. Страшенна монгольська орда з далекої степової Азії налетіла на нашу країну, щоб на довгі віки в самім корені підтяти її силу, розбити її народне життя. Найперші міста: Київ, Канів, Переяслав упали і були зруйновані до основи; їх слідом пішли тисячі сіл і менших городів. Страшний начальник монгольський Бату-хан, прозваний Батиєм, ішов на чолі своєї стотисячної орди, женучи перед собою вчетверо стільки всяких полоняників, що мусили битися за нього в перших рядах,— ішов поздовж руської землі, розпускаючи широко свої загони і бродячи по коліна в крові. Про який-будь опір на рівнім полі ніщо було й думати, тим більше що Русь була роз'єднана і роздерта внутрішніми межиусобицями. Декуди ставали опором міщани в своїх мурах, і непривичні до ведення правильної облоги монголи мусили не раз тратити багато часу, добуваючи брам і мурів топорами. Але слабі твердині падали, більше через зраду і підкупство, ніж силою поборені. Ціль походу страшної орди були Угри, багата країна, заселена племенем, спорідненим з монголами, від котрого великий Чінгісхан монгольський домагався, щоб йому піддалося. Угри не хотіли піддатися, і страшенний похід монгольської орди мав їм показати месть великого

Чінгісхана. З трьох боків разом, після плану Батия, мала впасти орда до Угорщини: зі сходу в землю Семигородську, з заходу з землі Моравської і з півночі через Карпати. В тій цілі орда поділилася на три часті: одна, під проводом Кайдана, пішла бессарабськими степами в Волощину, друга, під проводом Пети, відділилася від головної орди в землі волинській і поперек Червоної Русі, через Пліснесько, змагала до верхів'я ріки Дністра, щоб перейти її вбрід, а далі розлилася по Підгір'ю, шукаючи проходів через Карпати. Взяті до неволі місцеві люди, а також деякі бояри-зрадники, провадили монголів горі рікою Стриєм на тухольський шлях, і вже, як говорили корчинські післанці, їх шатри білілися на рівнині понижче Синевідська.

Вечоріло. Густі сумерки лягали на Підгір'я. Лісисті тухольські гори задимилися, мов незлічимі вулкани, готовлячись вибухати. Стрий шумів по кам'яних бродах і пінився по закрутинах. Небо покривалось зорями. Але й на землі, на широкій надстрийській рівнині, почали розблискуватись якісь світила, зразу де-де, рідко, мов несміло, далі чимраз густіше, сильніше,– поки врешті ціла рівнина, як далеко око засягне, не покрилася ними, не розжеврілася кровавим обдиском. Мов море, порушене легким вітром, так меркотів той обдиск над долиною, то живіше палахкотячи, то мов розпливаючись у темніючім просторі. Се палали нічні огнища в таборі монголів.

Але ген-ген у віддалі, де кінчилось те меркотяче море, палали інші світила, страшні, широкі, бухаючи огняною заграбою: се горіли околичні села і слободи, окружаючи широкою огненною пасмугою монгольський табір. Там бушували загони монголів, рабуючи та мордуючи людей, забираючи в неволю та нищачи до основи все, чого не можна було забрати.

Смерком уже їхало вузьким плаєм поверх синевідських гір двоє люда на невеличких, та крепких гірських кониках. Один із їздців, мужчина вже в літах, був у рицарськім строю, в зброї, з мечем і топором, з шоломом на голові і з списом, прип'ятим до кінського сідла. З-під шолома спливало довге і густе, сивіюче вже волосся на його плечі. Навіть густі сумороки, що хмарою лежали на горах і величезними клубами котилися з ярів і дебрів чимраз вище на верхи, не могли на його лиці закрити виразу глибокого невдоволення, гніву і якоїсь сліпої завзятості, що щохвиля розливався по ньому то їдким, прикрим сміхом, то понурою хмарою,– немов щось шарпало його сустави несподіваними, судорожними рухами і давалося взнаки його гарному коневі.

Другий їздець – то була молода, гарна дівчина, одіта в полотняну, шовковими нитками перетикану одежу, з невеличким бобровим ковпаком на голові, що не міг вмістити в собі її багатого, буйного, золотисто-жовтого волосся. Через плечі у неї перевішений був лук з турового рога і сагайдак зо стрілами, її чорні, палкі очі ластівками літали довкола, любуючись рівними, хвилястими контурами верховини і темно-зеленими, ситими барвами лісів та полонин.

– Що за гарна країна, таточку! – скрикнула вона дзвінким, срібним голосом, коли коні їх на хвильку зупинилися на крутім пригірку, через який вони з трудом пробиралися, щоб перед цілковитим смерком доїхати до цілі.– Що за чудово гарна країна! – повторила вона вже тихішим, ніжнішим голосом, озираючись позад себе і тонучи поглядом у незглибимо темних зворах.

– А що за поганий народ живе в тій країні! – гнівно відрізав їздець.

– Ні, таточку, сього не кажи! – сказала вона сміло, але зараз же якось змішалась і, значно понизивши голос, додала по хвилі: – Я не знаю, але народ тутешній мені сподобався...

– О, я знаю, що він тобі сподобався! – скрикнув з докором їздець.– А радше, що сподобався тобі один із того народа, той проклятий Беркут! О, я знаю, що ти готова батька свого покинути для нього, що ти перестала вже любити батька для нього! Та що діяти – така вже дівоча вдача! А тілько я кажу тобі, дівчино: не вір тому поверховому блискові! Не вір гадюці, хоч коралевими барвами мініться!

– Але ж, таточку, що за думки шибають по твоїй голові! І якими прикрими словами ти докоряєш мені! Я призналася тобі, що люблю Максима, і присягла перед сонцем, що буду його. Але я ще не його, я ще твоя. А хоч і його буду, то не перестану любити тебе, таточку, ніколи, ніколи!

– Але ж, дурна дівчино, ти не будеш його, про се ніщо й думати! Хіба ти забула, що ти боярська дочка, а він смерд, вівчар?..

– Ні, таточку, не говори сього! Він такий рицар, як і інші рицарі,– ні, він ліпший, сміліший і чесніший від усіх тих боярчуків, яких я бачила досі. Впрочім, таточку, дарма вже відмовляти – я присягла!

– Що значить присяга дурної, осліпленої дівчини?

– Ні, таточку, я не дурна і не осліплена! Не в пориві дикої пристрасти, не без вагування і думання я зробила се. Навіть не без вищої волі, таточку!

Остатні слова сказала вона якимсь приглушеним, таємничим голосом.

Боярин цікаво обернувся до неї.

– Ну, а се що знов? Яка вища воля спонукала тебе до такого безумства?

– Слухай, таточку,– говорила дівчина, обертаючись до нього та звільняючи в їзді.– Вночі перед тим днем, коли ми мали рушати на медведів, показалась мені в сні моя мати. Така була, якою ти описував мені її: в білій одежі, з розпущеним волоссям, але з лицем рум'яним і ясним, мов сонце, з радістю на устах і з усміхом та безмірною любов'ю в ясних очах. Вона приступила до мене з розпростертими руками і обняла мене, сильно притискаючи до груди.

"Мамо!" – сказала я і більше не могла нічого сказати з радости та розкоші, що наповняла цілу мою істоту.

"Мирославе, дитя моє єдине,– говорила вона лагідним, м'яким голосом, що й досі тремтить мені в серці,– слухай, що я тобі скажу. Велика для тебе хвиля зближається, доню! Серце твоє пробудиться і заговорить. Слухай свого серця, доню, і йди за його голосом!"

"Так, мамо!" – сказала я, тремтячи з якоїсь несказанної радості.

"Благословлю ж твоє серце!" – І, сказавши се, вона розвіялася запахущим леготом, а я прокинулась. І серце моє справді заговорило, таточку, і я пішла за його голосом. На мені благословенство мами!

– Але ж, дурна дівчино, се був сон! Про що ти вдень думала, те вночі й приснилось тобі! А втім,– додав боярин по недовгій хвилі,–а втім, ти вже й не побачиш його ніколи!

– Не побачу? – скрикнула живо Мирослава.– Чому не побачу? Хіба він умер?

– Хоч би й сто літ жив, то таки не побачиш його, бо ми... ми не вернемось уже більше в ті прокляті сторони.

– Не вернемось? А се для чого?

– Для того,– сказав боярин з силуваним супокоєм,– що ті твої добрі люди, а поперед усіх той старий чорт, батько твого укоханого Максима, ухвалили на своїй раді вигнати нас із свого села, розвалити наш дім і зрівняти його з землею! Але постійте ви, хамове плем'я, пізнаєте ви, з ким маєте діло! Тугар Вовк – се не тухольський вовк, він і тухольським медведям зуміє показати зуби!

Болюче тьохнуло в серці Мирослави, коли почула ті слова.

– Вигнали нас, таточку? І за що ж нас вигнали? Певно, за того лісничого, що ти казав так немилосердно бити, хоч я з слізьми благала тебе пустити його на волю?

– Як ти все те тямиш! – підхопив злісно Тугар, хоч у серці глибоко вкололо його те скарження з уст доньки.– О, я знаю, що коли б ти була на тій раді, то й ти була б стала за ними против свого батька! Що ж діяти,– батько старий, понурий, не вміє блискати очима, ані зітхати, а тобі хочеться не такого товариша! І що з того, що батько отсе перед часом посивів, стараючись забезпечити твою долю, а той новий, миліший, молодший товариш, може, десь тепер зі своїми тухольцями руйнує нашу хату, остатнє й одиноке наше пристановище на світі!

Мирослава не витерпіла тих їдких докорів,– гарячі сльози бризнули з її очей.

– Ні, се ти, ти не любиш мене,– сказала вона, заливаючись слізьми,– і я не знаю, що відвернуло твоє серце від мене? Я ж не дала тобі ніякої причини! Сам ти вчив і наказував мене жити по правді і говорити правду! Невже ж тепер нараз правда так дуже опротивіла тобі?

Боярин мовчав, похиливши голову. Вони зближалися вже до верха гори і їхали вузькою дорогою поміж високими буками, що зовсім заслонювали перед ними небо. Коні, здані на власну волю, самі шукали собі стежки серед сутінків і, зчаста форкаючи, тюпали звільна по похилій каменистій дорозі під гору.

– Куди ж ми їдемо, коли нас вигнано з Тухольщини? – спитала нараз Мирослава, стираючи рукавом сльози і підводячи догори голову.

– В світ за очі,– відказав батько.

– Ти ж казав, що їдемо до одного боярина в гостину.

– Правда опротивіла мені: я сказав неправду.

– То куди ж їдемо?

– Куди сама хочеш. Мені все одно. Може, їхати до Галича, до князя, котрому я наприкрився і котрий рад був мене позбутися? О, хитра се штука, той князь! Використати силу чоловіка, виссати його, мов спілу вишню, а кістку кинути геть – на те він якраз. І який рад був він, коли я попросив у нього даровизни землі в Тухольщині! "Іди,– сказав мені,– нехай лишень тут не бачу тебе! Йди і угризайся з тими смердами за нужденну межу, лиш сюди не вертай!" Ну, що, може, їхати нам до нього, жалуватися на тухольців, просити напроти них княжої помочі?..

– Ні, таточку!–говорила Мирослава.–Княжа поміч злого не направить, а тільки ще дужче прогрішить.

– А видиш,– сказав боярин, небагато зважаючи на остатні слова доньки.– Ну, а може, вертати нам до Тухлі, до тих проклятих хлопів, до того чорта Беркута, і просити у них ласки, піддатися їх карі, зректися свого боярства і благати їх, щоб нас прийняли до своєї громади, як рівні рівних, і жити з ними так, як вони, з вівцями вкупі, між вівсом і гноєм?

Постава Мирослави незамітно, мимоволі простувалася, лице її прояснювалось при тих словах.

– А як гадаєш, таточку, чи вони приймили б нас? – спитала вона живо.

– Хто знає! – сказав гризько боярин.– Се ще якби ласкаві були їх хамські величества й їх надвеличество Захар Беркут!

– Таточку, а чому ж нам не спробувати сього? Тухольці не люблять неправди; вони хоч і засудили нас, то, може, по свойому праву. А може... може й ти, таточку, дечим... своїм острим поступуванням причинився до того? А коли б лагідно, по-людськи з ними...

– Ах, боже, се що таке? – скрикнула нараз Мирослава, перериваючи свої попередні міркування. Вони станули саме на вершку гори, і перед ними, мов силою чарів, розкинулася широка стрийська долина, залита морем пожеж і огнищ. Небо жевріло кровавим відблиском. Немов з пекла, неслися з долини дивні голоси, іржання коней, брязкіт зброї, переклики вартових, гомін сидячих при огнищах чорних, косматих людей, а геть-геть далеко роздираючі серце зойки мордованих старців, жінок і дітей, в'язаних і ведених у неволю мужчин, рик скотини і хрускіт будинків, що, перепалені, валилися додолу, а по тім величезні водопади іскор, мов рої золотистих комах, збивалися під небо. В кровавім розблиску огнів виднілися тут же в долині над рікою довгі, безконечно довгі ряди чотиригранних шатрів, переділені від себе широкими відступами. Люди, мов мурашки, снували поміж шатрами і громадилися коло огнищ. Мирослава стала на той вид, мов остовпіла, не можучи відірвати від нього очей. Навіть старий, понурий боярин не міг рушитися з місця, потопаючи очима в тім лячнім, кровавім морі, ловлячи носом запах гіркого диму і крові, вслухуючись у змішаний гамір, у зойки, стогнання та радісні окрики побіди. Навіть коні під нашими їздцями почали тремтіти всім тілом, стригти вухами і форкати ніздрями, немов лякалися йти дальше.

– Тату, про бога святого, се що таке? – скрикнула Мирослава.

– Наші союзники,– сказав понуро Тугар Вовк.

– Ах, се мусять бути монголи, про котрих прихід говорив народ з такою тривогою?

– Так, се вони!

– Нищителі руської землі!

– Наші союзники проти тих проклятих смердів і їх громадівства.

– Тату, се загибель наша! Як не стане хлопів, то хто буде кормити бояр?

– Не бійся, не вродилась іще та буря, що здужала б до кореня знищити те підле насіння!

– Але ж, таточку, монголи не щадять ні хати, ні двора, ні князівської палати! Сам же ти не раз оповідав, як вони подушили князів під дошками.

– І се добре! Нехай їх душать, тих хитрих круків! Але боярина не задушили ніякого. Ще раз кажу тобі: се наші союзники!

– Але ж, таточку, ти хотів би входити в союз із тими дикунами, обагреними кров'ю нашого народа?

– Що мене се обходить, хто вони і які вони? Крім них ми не маємо виходу. А нехай вони собі будуть і самі злі духи, щоб тільки помогли мені!

Мирослава, вся бліда, тривожними очима гляділа на свого батька. Кровавий відблиск огнів, що освічував околицю, робив його лице страшним і диким і меркотів на його шоломі, немов обвивав те лице кровавим вінцем. Вони обоє позлізали з коней і, стоячи на острім гребені гори, гляділи одно на одно.

– Який ти страшний, таточку,– прошептала Мирослава.– Я не пізнаю тебе!

– Говори сміло, говори, донечко! – сказав з якимсь диким насміхом батько.– Я знаю, що ти хотіла сказати! Ти хотіла сказати: "Я не можу дальше йти з тобою, я покину тебе, зрадника вітчини, а вернуся до свого милого, до свого вірного Беркута!" Скажи, скажи се одверто – і покинь мене. Я піду, куди веде мене доля, і буду до кінця життя свого дбати про твоє добро!

Їдовитий голос боярина стався при кінці якимсь м'яким, тремтючим, зрушуючим, так що Мирослава вибухла голосним плачем і кинулась батькові на шию, гірко ридаючи.

– Ох, таточку,– хлипала вона,– як ти рвеш моє серце! Чим я так тяжко провинилася перед тобою? Я ж знаю, що ти любиш мене! Я... я не покину тебе ніколи! Я буду твоєю служницею, твоєю невільницею до остатнього віддиху, лиш не йди туди, не подавай свого чесного ім'я на вічну ганьбу!

Ридаючи, вона впала батькові до ніг і обнімала руками його коліна, обливала слізьми його руки. Не видержав Тугар Вовк, капнули сльози з його старих очей. Він підняв Мирославу і міцно притиснув її до грудей.

– Доню моя,– сказав він лагідно,– не жалуйся на мене! Горе наповнило гіркістю моє серце, гнівом налило мої думи. Але я знаю, що твоє серце – щире золото, що ти не покинеш мене в днях тривоги й боротьби. Адже ж ми самі тепер на світі, ні до кого нам прихилитися, ні від кого ждати помочі, а тільки від себе самих. Вибору не маємо. Берімо поміч, де її знайдемо!

– Таточку, таточку! – говорила з слізьми Мирослава.– Гнів проти тухольців засліпив тебе і пхає тебе до загибелі. Нехай і так, що ми нещасливі – а чи для того мусимо бути зрадниками свого краю? Ні, радше згинути нам із голоду під плотом!

– Молода ти ще, доню, гаряча, палка, і не знаєш, як смакує голод, як смакує нужда. Я зазнав їх і хочу оберегти тебе від них. Не переч же мені! Ходи, їдьмо до цілі! Що буде, те буде, долі своєї не об'їдемо!

І він скочив на свого коня і шпигнув його острогами. Даремно Мирослава хотіла спинити його – він погнав униз горою. Ридаючи, подалась за ним і вона. В своїй непохитній, дитячій вірі вона все ще думала, що зможе охоронити батька від загибелі, від віковистої ганьби – від зради свого краю. Вона, бідна, й не знала, як глибоко її батько був уже застряг у тім огиднім багні, як безповоротно він уже впав у безодню, так, що для нього справді не було іншого виходу, як падати глибше, аж до дна.

Чим дальше з'їздили в долину, тим густіша пітьма обхапувала їх, тим менше могли що-будь бачити, крім блимання огнищ і жевріння віддалених пожеж. Зате гомін і рик величезної юрби ставався чимраз голоснішим, оглушаючим. Дим виїдав їм очі, захапував віддих у грудях. Боярин простував до першого огнища, що палало серед поля. Се була монгольська сторожа. Наближаючись, вони бачили п'ять люда в кожухах, обернених волоссям догори, в таких самих пелехатих, острокінчастих ковпаках, з луками на плечах і з топорами в руках. Аж недалеко варти Мирослава дігнала батька й сіпнула його за рукав.

– Таточку, богом святим молю тебе, вертаймо відси.

– Куди?

– Ходімо до Тухлі!

– Ні, пропало вже! Підемо, але не з униженою просьбою. Підемо в гості – і рад я побачити, чи твої Беркути посміють тепер виганяти нас!

В тій хвилі монголи почули прихід чужих людей і з диким криком похапали за луки та окружили їх.

– Хто їде? – закричали різними голосами, то по-нашому, то по-свому.

– Поклонник великого Чінгісхана! – сказав по-монгольськи Тугар Вовк. Монголи стали, витріщивши очі на нього.

– Ти відки, що за один, за чим приходиш? – спитав один, очевидно, начальник сторожі.

– Не твоє діло,– відповів остро на монгольській мові боярин.– Хто веде вашу силу?

– Внуки великого Чінгісхана: Пета-бегадир і Бурунда-бегадир.

– Іди ж і скажи їм, що "Калка-ріка по болоті тече і в Дон упадає". А ми на твій поворот пождемо коло огнища.

З рабським ушанованням розступилися монголи перед незнайомим приїжджим, що говорив їх мовою та ще й таким певним тоном, до якого вони привикли від своїх ханів та бегадирів. В одній хвилі начальник варти здав своє місце на другого, а сам, допавши коня, погнав до табору, якої, може, чверть милі віддаленого від вартового огнища.

Тугар Вовк і Мирослава позлазили з коней, яких дехто з вартових зараз узяли, обчистили, напоїли й прип'яли на мужицькій, житом засіяній ниві. Приїжджі гості приступили до огнища, гріючи над ним руки, в які щипав їх весняний нічний холод. Мирослава тремтіла цілим тілом, мов у лихорадці, вона була бліда і не сміла піднести очей на батька. Аж тепер, почувши з батькових уст монгольську мову і побачивши, з якою пошаною монголи сповняли його волю, вона догадалася, що батько її не віднині знається з тими страшними нищителями рідної землі і що правдивою мусить бути та вість, яка глухо шепталась при дворі князя Данила, немов то Тугар Вовк у битві під Калкою зрадив Русь монголам, виявивши їм наперед цілий план битви, уложений руськими князями. Правда,– говорили вісті,– доказу на те певного нема, а то б бояринові прийшлось понести голову на колоду; боярин стояв у битві в першім ряді і при першім замішанню взятий був до неволі. Але дивним видавалось декому його швидке увільнення без окупу, хоч боярин божився, що монголи випустили його, шануючи його хоробрість. Діло було темне, а тільки те було певне, що при княжім дворі всі почали якось сторонити від Тугара, і сам князь не довіряв йому так, як довіряв давніше. Боярин вкінці почув тоту зміну і попросив у князя даровизни землі в Тухольщині. Не допитуючись, для чого задумав боярин покидати Галич і для чого хоче закопатися в такій лісистій пустині, та й ще з молодою дочкою, князь Данило дав йому даровизну – очевидно, рад був його позбутися. І при від'їзді з Галича якось холодно прощалися всі з боярином, довголітнім товаришем оружжя. Все те згадала тепер в одній хвилі Мирослава, і все те, що тоді дивувало й гнівало її, стало тепер ясне й зрозуміле перед її очима. Так, значиться, вісті й шепти говорили правду! Так, значиться, батько її віддавна, від десятьох літ був у порозумінню з монголами, був зрадником! Мов придавлена, мов підкошена тою гадкою, похилила Мирослава свою прегарну голову додолу. Серце її боліло дуже; вона чула, як у ньому одна за другою рвалися найсильніші й найсвятіші нитки – нитки дитячої любові й поважання. Якою самітною, якою круглою сиротою чула себе вона тепер на світі, хоч тут же коло неї сидів її батько! Якою нещасною чула вона себе тепер, хоч батько недавно ще запевнював її, що все робить для її щастя!

Але й боярин сидів тепер якийсь невеселий: його рішуче серце тисли, очевидно, якісь важкі думи. Не знати, про що думав він, але його очі гляділи не змигаючи в полум'я огнища, слідили уважно за тим, як догорали червоні, мов розжарене залізо, поліна, як тріскали в огні, злизувані полум'ям. Чи се було спокійне думання чоловіка, що дійшов до своєї мети, чи, може, яке тривожне прочуття будущини холодною рукою вхопило його за серце і печать мовчання положило на його устах? Тільки ж він, старий, розважний чоловік, уникав погляду Мирослави, лиш глядів і глядів у огнище, на миготячі іскри та попеліючі поліна.

– Доню! – сказав він вкінці стиха, не підводячи на неї очей.

– Чому ти вчора не вбив мене, тату? – прошептала Мирослава, насилу здержуючи сльози в очах. Голос її, хоч тихий, дунув на боярина ледовим холодом. Він не знайшов на те питання відповіді, і мовчав, і вдивлювався в огнище, поки не прибіг вартівник з табору.

– Внуки великого Чінгісхана шлють свій привіт новому другові і просять його до свого шатра на воєнну раду.

– Ходімо! – сказав коротко боярин і піднявся з місця. Мирослава встала також, але ноги її відмовляли послуху. Та не час було тепер вертатися. В одній хвилі монголи привели їх коней, висадили Мирославу і, оружившм їх обоє, повели до табору.

Монгольський табір був розложений у величезнім чотирокутнику і обкопаний глибоким ровом. В кождім боці чотирокутника було по дванадцять входів, оружених оружною вартою. Хоч неприятель ніякий не грозив таборові, то все-таки його стережено чуйно – таке вже було воєнне правило монголів, зовсім у суперечність із християнським рицарством, яке не дорівнювало монголам ані в військовій карності, ані в умілості тактики та кермовання великими масами. Вартові при вході табору дикими голосами перекликалися з вартовими, що вели боярина з донькою, а потім переняли незвичайних гостей і повели їх до шатра своїх начальників. Хоч і як придавлена була Мирослава своїм болем і стидом, що випалював гарячі рум'янці на її дівочім лиці, то все ж вона була надто смілої вдачі, надто свобідно і по-рицарськи вихована, щоб не зацікавитися розкладом табора і всім новим та невиданим оруженням. Бистрим оком окинула вона проводжаючих її вартових. Низькі, підсадкуваті їх постави, повбирані в овечі кожухи, через які перевішений був у кождого лук і сагайдак зі стрілами, виглядали мов медведі або які інші дикі звірі. Лице без зарості, з вистаючими вилицями і підочними кістьми, з маленькими і глибоко впалими очима, що, ледве блищалися з вузьких, скісно прорізаних повік, з невеликими, приплесканими носами, виглядали якось гидко, відразливе, а жовтава їх барва, що в відблиску огнищ переливалася в якийсь зеленкуватий відтінок, робила їх іще страшнішими та відразливішими. З похнюпленими додолу головами і з горляною, співучою мовою, вони подобали на вовків, що шукають, кого б пожерти. Шатри їх, як Мирослава зблизька приглянулася, зроблені були з войлоку, розп'ятого на чотирьох жердках, зв'язаних угорі докупи, і накриті були вверху для забезпеки від дощу великими шапками з кінської шкіри. Перед шатрами стояли на жердках понастромлювані людські голови, криваві, з застиглим виразом болю і розпуки на блідих, посинілих, світлом огнищ дивовижно освічених лицях. Холодний піт виступив на чоло Мирослави на сей вид; її, геройську, сміливу дівчину, не мучила думка, що швидко й її голова так само стримітиме де-будь перед шатром якого монгольського бегадира. Та ні, вона воліла б тепер тліти в пожежі і стриміти як кривавий трофей перед шатром побідителя, аніж своїми живими очима оглядати ті трофеї, з яких кождий недавно ще був живим чоловіком, думав, працював і любив,– аніж іти здовж оцього страшного табору на безчесне, зрадницьке діло!

"Ні, ні,– думалось їй,– не буде того. Я не піду дальше. Я не стану зрадницею свого краю! Я покину батька, коли не зможу відвести його від його проклятого наміру".

Тимчасом вони станули перед шатром начальника Пети, любимця Батиєвого. Шатро не відзначувалося від інших шатрів зверха нічим, окрім прип'ятої на його вершку жердки з трьома бунчуками: зате всередині було далеко пишніше, по-азіатськи уладжене. Тільки ж ані боярин, ані Мирослава до середини шатра не входили, бо начальників монгольських застали перед шатром, коло огнища, на котрім невільники пекли двох баранів. Побачивши гостей, начальники схопилися всі враз на рівні ноги і похапали до рук свою зброю, хоч, впрочім, не поступилися з місця, щоби стрічати їх. Знаючи монгольський звичай, боярин кивнув доньці, щоб лишилась позаду, а сам, знявши з голови шолом, а з плечей лук, приступив до них з поклоном і став мовчки, з похиленими до землі очима, на три кроки перед головним начальником Петою.

– Від якого царя приносиш нам вісти? – спитав його Пета.

– Я не знаю ніякого царя, крім великого Чінгісхана, пана всього світу! – сказав боярин. Се була звичайна формула піддання. Пета тоді поважно, але радо, простяг бояринові руку.

– Впору приходиш,– сказав Пета,– ми дожидали свойого союзника.

– Я знаю свій обов'язок,– сказав Тугар Вовк.– В однім лишень я переступив ваш звичай: я привів доньку свою до табору.

– Доньку? – сказав зачудований Пета.– Хіба ж ти не знаєш, що звичай наш забороняє женщинам вступати в збір вояків?

– Знаю. Але що ж я мав зробити з нею? У мене нема дому, ні родини, ні дружини! Крім мене і великого Чінгісхана, вона не має ніякої опіки! Мій князь рад був позбутися мене зі свого міста, а ті прокляті смерди, мої невольники, збунтувалися против мене.

– Але все ж таки тут вона не може лишитися.

– Я прошу внуків великого Чінгісхана позволити їй лишитися нинішню ніч і завтрашній день, поки не винайду для неї безпечного пристановища.

– Для другів наших ми гостинні,– сказав Пета і потім, обертаючись до Мирослави, він сказав ломаною руською мовою:

– Зблизись, дивчина!

Мирослава аж затремтіла, почувши ті звернені до себе слова страшного монгольського начальника. Повними ненависті й погорди очима гляділа вона на того нищителя Русі, зовсім не слухаючи його слів.

– Зблизись, Мирославе! – сказав її батько.– Великий начальник монгольського війська ласкавий до нас.

– Не хочу його ласки! – відказала Мирослава.

– Зблизись, розказую тобі! – сказав грізно боярин. Мирослава неохітно зблизилася.

Пета своїми малими, блискучими очима поглянув на неї.

– Гарни дивчина! Жаль, що не остатись. Гляди, дивчина, на свій тат. Будь вірна велики Чінгісхан. Велика ласка буде! На тобі, дивчина, отеє коко, з вашого князь Мстислав. Знак безпеки. Покажи монгольськи вояк – усі пропустить, нічого злого не зробить. А тепер до шатра!

З тими словами Пета подав Мирославі зі свого пальця великий золотий перстінь, здобутий ним у битві над Калкою з князя Мстислава. На перстені був великий золотисто-зелений берил із вирізаними на нім фігурами. Мирослава вагувалася, чи прийняти дар від ворога,– може, навіть, заплату за батькову зраду.

– Візьми, доню, сей знак від великого внука Чінгісхана,– сказав боярин.– Се знак його великої ласки для тебе, дає тобі безпечний прохід у монгольськім таборі. Нам бо прийдеться розстатися, доню. Їх воєнний звичай забороняє женщинам бути в таборі. Але з тим перстенем ти можеш безпечно приходити і виходити, коли тобі запотребиться.

Мирослава ще вагувалась. Але, втім, нова якась дума шибнула їй у голову – вона взяла перстінь і, відвертаючись, урваним голосом сказала:

ІВАН ФРАНКО

– Дякую!

Потім Пета велів відвести її до окремого шатра, котре наборзі приготовано для її батька, а Тугар Вовк лишився сам з монгольськими бегадирами, щоб радити воєнну раду.

Перший забрав голос Пета, головний начальник сього відділу, чоловічок літ коло сорока, тип монгола: невеличкий, повертливий, з хитро мигаючими, малими, мов мишачими, очима.

– Сідай, гостю,– сказав він до боярина.– Коли скажем тобі, що ми дожидали тебе, то нехай се буде найвища похвала твоєї вірності для великого Чінгісхана. Але все-таки ти троха запізно прийшов. Військо наше жде вже третій день, а великий Чінгісхан, виправляючи нас на захід, до краю рабів своїх Арпадів, наказував нам довше трьох день без потреби ніде не задержуватись. Брат наш, Кайдан-бегадир, що пішов через край волохів, буде перед нами в домі Арпадів, здобуде їх столичне місто, а яку ж славу ми принесемо з того походу?

На те сказав боярин:

– Я порозумів слова твої, великий бегадире, і ось що відповім на них. Вірний слуга великого Чінгісхана не міг швидше прибути до вашого табору, бо аж учора дізнався про ваш похід, а дізнавшися, прибув зараз. Про задержку не журися. Шляхи наші хоч неширокі, але безпечні. Брама в царство Арпадів стане вам отвором, лиш тільки застукайте.

– Які шляхи і в чиїх руках? – спитав коротко Пета.

– Один шлях дуклянський, горі Сяном-рікою, а потім через низький гірський провал. Шлях широкий і вигідний, топтаний уже не раз руськими й угорськими воєнними силами.

– Далеко відси?

– Відси до Перемишля два дні ходу, а з Перемишля до гір іще два дні.

– Хто стереже?

– Стережуть його нашого князя бояри, що на нім поробили засіки. Але бояри нерадо служать князеві Данилові Романовичу, нерадо стережуть засіків. Мала обіцянка склонить їх на сторону великого Чінгісхана.

– Але чому ж досі ми нікого з них не бачили в нашім таборі? – спитав Пета.

– Годі їм, великий бегадире. Народ, серед якого вони живуть і який мусить поставляти оружних людей для оборони засіків, нерадо зносить їх власть над собою. Дух бунту і непокори живе в народі. Серце його тужить за давніми порядками, де не було ні князів, ні власти, де кожда громада жила для себе, а против спільного ворога всі дружилися по добрій волі і вибирали та скидали свою старшину. В отсих горах живе один дід, що його прозвали бесідником, і той роздуває полум'я непокори в ім'я тих старих порядків. Народ глядить на бояр, мов пастухи на вовка, і скоро би тільки побачив, що бояри тягнуть у сторону великого Чінгісхана одверто, то побив би їх камінням. Коли ж за приближенням вашої сили бояри піддадуться вам і віддадуть вам засіки, народ пирсне, як полова від вітру.

Пета слухав уважно бесіди боярина. Насміх і погорда заблискотіли на його тонких губах.

– Дивні ж у вас порядки! – сказав він.– Князь бунтує против своїх слуг, слуги против князя, князь і слуги против народа, а народ против усякої власти! Дивні порядки! У нас, коли дрібні ватажки хотіли бунтувати проти великого Чінгісхана, то той згромадив їх до свого аулу і, оркруживши аул своїми вірними синами, велів настановити вісімдесят великих кітлів на грані і налити їх водою, а коли вода закипіла, то, не розбираючи нічиєї вини, велів у кождий котел вкинути по два бунтівники і варити їх так довго, поки тіло зовсім не відкипіло від кости. Тоді велів повиймати голі кістяки з кітлів, посадити їх на коней і повідвозити до підвладних їм племен, щоб ті на примірі своїх ватажків училися послуху й покори великому Чінгісханові. От так би й вас її вчити. І ми навчимо вас її. Дякуйте богам, що зіслали нас до сього краю, бо коли б не ми, то ви, певно, мов ті голодні вовки, пожерли б одні других.

Кров постила бояринові в тілі при тім оповіданню монгола, але він ні словечка не відказав на се.

– Ну, а який же ваш другий шлях? – спитав дальше Пета.

– Другий шлях тухольський,– відповів боярин,– хоч вужчий і не так рівний, але зате ближчий і рівно безпечний. На тім шляху засіків нема, ані княжих бояр нема. Самі хлопи пильнують його.

– Хлопів ваших ми не боїмося! – сказав з погордою Пета.

– І ніщо їх боятися,– підхопив боярин.– Вони ж без оружжя і без умілости воєнної. Тим шляхом я сам можу вам бути провідником.

– Але, може, на арпадській стороні ті шляхи сильно замкнені?

– Тухольський не замкнений зовсім. Дуклянський замкнений, але не дуже сильно.

– А довга дорога тухольським шляхом до краю Арпадів?

– Для оружних мужів до Тухлі день ходу. В Тухлі переночувати, а разом зо світом у дорогу, і на вечір будете вже на рівнині.

– А дуклянським?

– Вчисляючи, кілько часу треба на понищення засіків, три дні ходу.

– Ну, то веди нас тухольським! – сказав Пета.

– Дозволь мені слово сказати, великий бегадире,– сказав один із начальників монгольських, мужчина величезного росту й геркулесової будови тіла, з лицем темно-оливкової барви, одітий у шкіру степового тигра, що все разом аж надто свідчило про його походження з туркоманського племені. Се був страшний, безтямно-смілий і кровожадний войовник, Бурунда-бегадир, суперник у славі з Кайданом. Монгольські загони, які він провадив, лишали по собі найстрашнішу руїну, найбільше число трупів, найширшу ріку пожеж. Він безмірно перевищав Пету своєю відвагою; перед його шатром кождого вечора було два рази більше свіжих голов, ніж перед шатром усякого іншого вояка. Але Пета не завидів йому тої смілості, чуючи надто добре свою перевагу над Бурундою в штуці ведення великих мас і кермовання великими битвами та походами. Він радо пускав Бурунду на найнебезпечніші місця, держав його в запасі на найтяжчу, рішучу хвилю, немов непоборний залізний таран,– а тоді пускав його з відділом "кровавих туркоманів" довершувати побіди.

– Говори, брате Бурундо! – сказав Пета.

– Дозволь мені з десятитисячним відділом іти тухольським шляхом, а ти сам простуй на дуклянський. Перейшовши на арпадський бік, я вдарю зразу на тих, що стережуть дуклянського шляху, і прорівняю тобі дорогу.

Пета з подивом глянув на Бурунду, немов се перший раз вирвалось тому рубаці з уст таке розумне слово. І справді, план Бурунди був хоч і смілий, та зате дуже розумний, і Бурунда був єдиний смільчак до виконання сього плану.

– Добре,– сказав Пета,– нехай буде по-твойому! Вибирай собі вояків і рушай з ними зараз завтра.

– Позвольте ще й мені слово сказати, великі бегадири,– сказав Тугар Вовк.

– Говори! – сказав Пета.

– Коли воля ваша слати часть своєї сили тухольським шляхом,– а всеї задля тісноти шляху й я не радив би слати,– то позвольте мені піти наперед з невеличким відділом і заняти вхід того шляху, заким іще тухольські смерди дізнаються про ваш прихід і завалять його засіками.

– Добре, йди! – сказав Пета.– Коли хочеш вирушити?

– Зараз, щоб іще завтра на південь сповнити своє діло.

– Коли так, то нехай буде конець нашій раді і нехай боги щастять нашій зброї! – сказав Пета, встаючи з місця. Встали й інші начальники. Тугар Вовк просив Пету, щоб визначив для нього відділ смілих мужів, а сам пішов до шатра покріпитися і попрощатися з донькою.

В темнім шатрі на ліжку, покритім м'якими, зра-бо-ваними перинами, сиділа Мирослава і гірко плакала. По всіх страшних і несподіваних вражіннях сього вечора вона аж тепер мала час зібрати свої думки, розглянути добре своє теперішнє положення, в яке втягнув її батько. Положення те було справді страшне, бачилось навіть – безвихідне. Батько її – зрадник, монгольський слуга; вона – в монгольськім таборі, напівгість, напівбранка, а на всякий спосіб кругла сирота. Бо навіть остання її підпора – непохитна віра в свій пророчий сон, у благословенство матері і в своє любовне щастя з Максимом,– і тота віра тепер, при холодній розвазі, зачала похитуватись, кроваєлячи її серце. Бо яким лицем стане вона тепер перед Максимом? Якими словами розповість йому про свій – добровільний чи недобровільний? – побут у монгольськім таборі? Мов гадюки, вертіли її серце ті питання, і вона дала сльозам волю і плакала, мов з життям своїм прощалася.

Батько тихими, тривожними кроками приступив до неї, положив руку на її плече,– вона не підводила голови, не рушалась, не переставала плакати.

– Доню Мирославе,– сказав він,– не плач! Дасть бог, усе ще добре буде!

Мирослава мов не чула нічого, сиділа недвижно, холодна, безучасна.

– Забудь того смерда! Гарна будучність чекає тебе, а він... Що він! Завтра в полудне він упаде трупом від мойого меча.

– Хто? - скрикнула Мирослава роздираючим серце голосом.

Боярин злякався того голосу і відступився від дочки, що зірвалась на рівні ноги.

– Хто впаде трупом? - повторила вона.– Він, Максим? Ти ведеш напад на Тухлю?

– Та ні, ні! - відпекувався боярин.- Хто се сказав тобі?

– Сам ти сказав! -наставала на нього Мирослава.- Тату, скажи мені правду, що задумуєш? Не бійся за мене! Я тепер і сама вже добре бачу, що не можу бути Максимова, через тебе не можу бути! О, ти розумний, ти хитрий! Ти допровадив до свого! Не для того я не можу бути Максимова, що вища від нього родом,– о, ні! Я нижча від нього, я чую себе безмірно нижчою від нього, бо він чиста, чесна душа, а я дочка зрадника, може й сама зрадниця! Так, тату! Ти дуже хитрий, такий хитрий, що аж себе самого перехитрив! Ти кажеш, що мого щастя бажаєш, а ти вбив моє щастя. Але нехай і так! Що з мене за хосен? Тільки скажи мені, що ти задумуєш напротив нього?

– Але ж нічого, зовсім нічого! Він тепер, може, вже десь далеко в горах.

– Ні, ні, ні, не вірю тобі! Скажи мені, що ви урадили з монголами?

– Говорили про те, куди їхати на Угри.

– І ти їм хочеш видати тухольський шлях, щоби помститися на тухольцях!

– Дурна дівчино, що мені мститися на них! Задрібні вони для моєї мести. Я хочу перепровадити монголів на Угри, бо, чим скорше підуть із нашого краю, тим менше тут руїни нароблять.

– О, певно, певно! – скрикнула Мирослава.– Але з поворотом доруйнують, що тепер лишать ціле! І ти ведеш їх на Тухлю, тепер, зараз?

– Ні, не на Тухлю. Я веду тільки один малий відділ, щоб осадити вхід до Тухлі.

– Хто має браму, той має й хату! Але розумію тепер! Ти ж сам сказав недавно, он там, на горі, що завтра Максим має з тухольськими молодцями валити наш дім. А ти хочеш з монголами напасти на нього, вбити його...

Боярин видивився на неї зачудуваними очима; він почав боятися, чи не відьма вона, що так страшно бистро вгадувала, в чім діло.

– Доню, забудь за нього! – сказав він.– Яка доля йому судилася, така й буде.

– Ні, тату, тим ти не зведеш мене! Я їду, їду до Тухлі, я остережу його, спасу його від твоєї засідки! А коли в неї попадеться, то я стану обік нього і буду боронитися разом з ним, до остатнього скону, проти тебе, тату, і твоїх поганих союзників!

– Дівчино, ти божевільна! – скрикнув боярин.– Уважай, не доводи мене до гніву! Се хвиля рішуча.

– Що мене обходить твій гнів! – відказала холодно Мирослава.– І що ти мені можеш іще більше злого зробити після того, що зробив досі? Коли уб'єш мене, то се буде тільки добродійство, бо й так мені не жити. Пусти мене!

– Ні, лишись тут, нерозумна!

– Так, лишись тут, поки ти спокійно не замордуєш того, хто дорожчий мені над життя моє! О, ні, я не лишусь!

– Лишись! Богом клянусь тобі, що не підійму руки своєї на нього!

– О, знаю, знаю, що се значить! – скрикнула Мирослава.– Ну, розуміється, ти боярин, де ж би ти піднімав руку на смерда. Але своїм диким товаришам велиш усі затроєні стріли націлити на його груди!

– Ні! Коли вже таке твоє над ним милосердя, то ще раз кленусь тобі, що ані я, ані ніхто з моєї дружини не ткне його, хоч би він не знати як нападав на нас! Досить тобі сього!

Мирослава стояла, шарпана страшною сердечною тривогою, і не могла нічого більше сказати. Хіба ж вона знала, чи досить сього, чи ні! О, як радо була б вона пташкою злетіла до нього, щирим щебетанням перестерегла його! Але годі було. Батько її взяв свою зброю і, виходячи з шатра, сказав:

– Доню, ще раз кажу тобі і заклинаю тебе: лишись у таборі, поки я не вернусь, а тоді роби собі, що твоя воля буде. А тепер прощай.

Він вийшов, і заслона з войлока, що служила замість дверей, неспокійно захиталася за ним. З заломаними руками, образ найтяжчого горя і найстрашнішої тривоги, стояла Мирослава насеред шатра, німа, перехилена наперед, з створеними устами, ухом ловлячи останній стук кінських копит, що глухли й німіли по мірі того, як віддалявся на полудне відділ монголів, ведений її батьком на загибіль Тухольщини.

V

З важким серцем ішов Максим Беркут посеред невеличкої ватаги тухольських молодців на сповнення громадської волі. Відмалку виріс він у глибокім почуванню своєї єдності з громадою і святості громадської волі, тож і тепер, коли зовсім не впору для його серця на нього впав почесний вибір громади – прогнати з громадських земель ворога громади, якого бачили тухольці в боярині,– і тепер він не смів відмовитись від того поручення, хоч серце його рвалося і краялось на саму думку, що буде мусив стрітися з Мирославою, з її батьком як з ворогами, що буде, може, мусив боротися з боярськими лучниками або і з самим боярином, проливати кров людську в очах тої, за котру він сам готов був свою кров пролити. Правда, він твердо рішився зробити своє діло як можна найспокійніше і не доводити його аж до проливання крові, але хто ж міг йому поручити, що боярин, знаючи його слабу сторону, сам не буде шукати зачіпки? Се легше могло бути, як що.

"Але ні,– думав собі Максим,– коли схоче моєї крови, я не буду боронитися, я надставлю йому свої груди добровільно, нехай б'є! Життя він не хоче мені дати, то нехай дає смерть! Прощай, моя Тухольщино! Прощай, батьку мій, соколе сизий! Прощайте, браття і товариші мої! Не побачите вже Максима, а почувши про мою смерть посумуєте і скажете: "згинув для добра громади"! Але ви не будете знати, що я сам бажав і шукав смерти!"

Так думав Максим, наближаючись до будинків боярських на горбку над Опором. Дім боярина збудований був із грубих, у чотири гранки гладко обтесаних і гиблем на споєннях вигладжених ялиць, будованих в угла, так, як тепер ще будують наші сільські хати. Покритий був грубими драницями, обмазаними зверха грубою верствою червоної у воді нерозмокаючої глини. Вікна, як і у всіх хатах, обернені були на полудне; замість шибок понапинані були на рами волові міхури, що пропускали слабе, жовтаве світло досередини. Входові двері спереду і ззаду вели до просторих сіней, яких стіни обвішані були всіляким оружжям, оленевими та жубровими рогами, шкірами з диків, вовків і медведів. З сіней на оба боки вели двері до кімнат, просторих, високих, з глиняними печами без коминів і з дерев'яними, гарно вирізуваними полицями на всяку посуду. Одна світлиця бояринова, а друга, по другім боці сіней,– його доньки. Ззаду були дві широкі комори: в одній кухня, в другій – служебна. В світлиці бояри-на стіни були обвішані шкірами медведів, тільки над постіллю висів дорогий заморський килим, здобутий боярином у якімсь поході. Там же висіли його луки, мечі й інша підручна зброя. Світлиця ж Мирослави була, крім м'яких шкір по стінах і помості, пристроєна в цвіти, а на стіні, напроти вікон, над її ліжком, висі-ло дороге металеве дзеркало і обік нього дерев'яний, сріблом окований, чотиреструнний теорбан, любий повірник Мирославиних мрій і дівочих дум. Віддалік від дому, на невеличкій долині, стояли стайні, стодоли й інші господарські будинки; там також була невеличка хата для скотарів. Але пусто і глухо було сьогодні в просторім боярськім домі. Боярина і Мирослави нема дома, слуг боярин повідправляв, худобу велів перегнати до череди сусіднього, корчинського осадника; тільки лучники й топірники лишилися, та й ті якісь невеселі, не гомонять, не жартують, ані пісень не співають. Мабуть, важніше якесь жде їх діло, бо беруть луки і стріли, топори й списи, а все те мовчки, сумовито, мов на смерть готуються. Що се такого?

Та ось один, що стояв серед шляху, мов на сторожі, дав знак трубою, і в повній зброї всі дружинники стали в ряд перед боярським домом, піднявши списи, нап'явши луки, мов до битви. По шляху надійшла тухольська ватага і, побачивши оружних людей перед боярським домом, почала й собі готовитися до бою. Тривожними очима позирнув Максим на оружних людей, чи нема між ними боярина. Але, на щастя, боярина не було. Відітхнув Максим, немов гора з грудей його звалилася, і сміліше почав порядкувати свою ватагу. Се й недовго часу забрало, і мовчки, з понатяганими луками, з блискучими топорами і списами тухольці зближалися в ряді до боярських дружинників. Не дальше, як на п'ятдесят кроків одні від других, зупинилися.

– Боярине Тугаре Вовче! – кликнув Максим.

– Нема боярина Тугара Вовка! – відповіли дружинники.

– Так ви, вірні його, слухайте, що я скажу вам від імені тухольської громади! Післала нас громада, щоб прогнати вас волею чи неволею з тухольських земель по засуду громадському. Питаємо вас, чи вступитесь по волі, чи ні?

Дружинники мовчали.

– Питаємо другий раз! – сказав Максим.

Дружинники мовчали, не спускаючи луків.

– Питаємо третій раз! – сказав, підносячи голос, Максим.

Дружинники мовчали, але стояли недвижно в своїй ворожій поставі. Дивно було Максимові, що се має значити, але, не зупиняючись довше, він велів своїм молодцям випустити стріли на дружинників. Стріли засвистіли, мов змії, і, перелетівши понад головами дружинників, повбивалися в стіну. В тій хвилі дружинники, мов на даний знак, кинули зброю на землю і з простягненими руками ступили напроти тухольських молодців.

– Товариші, браття! – сказали вони.– Не прогнівайтесь на нас за нашу мовчанку. Ми дали слово бояринові, що стрітимо вас ворожо, але ми не давали йому слова проливати вашу кров, і проливати її за неправду. Ми були при суді громадськім і знаємо, що боярин скривдив громаду і що громадський суд справедливий. Робіть, що вам повелено, і, коли буде ласка батьків ваших, ми будемо просити їх, щоб приняли нас до своєї громади. Не хочемо більше служити бояринові!

Радість тухольців, а особливо Максима, коли почули ті слова, була безмежна. Зараз усі поскидали оружжя на купу перед боярським домом і серед голосних веселих криків обіймали й цілували своїх нових і несподіваних товаришів, з якими перед хвилею думали вступити в смертельний бій. Максим найдужче рад був тому, що його побоювання не справдилося, що йому не довелось перед очима Мирослави поборювати її батька і прогонювати на незвісні шляхи ту, з якою рад би був ніколи не розстатися. Радість сумирного закінчення сеї немилої справи на хвилю заглушила в нім усякі інші непевності. В товаристві веселих боярських дружинників увійшли тухольці до боярського дому, все з зацікавленням оглядаючи, хоч нічого не тикаючи. З сердечним трепетом наближався Максим до світлиці Мирослави, надіючись тут стрітити її в сльозах або в гніві, бажаючи щирим словом потішити, заспокоїти її. Але Мирослави не було в світлиці, і се затурбувало Максима. "Де вона?" – подумав він і зараз надумав спитати про се дружинників, що тимчасом вешталися, приготовуючи на радощах для своїх тухольських гостей братерську гостину. Але відповідь дружинників на його питання зовсім не вдоволила й не заспокоїла Максима. Боярин учора рано виїхав з донькою, але куди, за чим, коли верне,– не знати. Велів їм виступити ворожо проти тухольців, але, чи то побачивши їх понурі, неохочі лиця, чи то, може, повзявши яку іншу думку, урвав бесіду й від'їхав. От і все, що дізнався Максим від нових союзників. Очевидна річ, що такі вісті мусили відразу закаламутити його чисту радість, ба, навіть кинути тінь якогось підозріння на дружинників. Що се таке? Чи не криється в тім яка зрада? Чи не хоче боярин зловити їх у яку засідку? Але, не хотячи всім уголос виявляти свого підозріння, Максим шепнув тільки деяким із своїх товаришів, щоб малися на бачності, а сам почав пильно і уважно переглядати весь дім відгори аж додолу, не минаючи ні одної скритки, ні одного закамарка. Ніде не було нічого підозреного.

– Гарна будова! – сказав Максим до дружинників, що заставляли столи,– але що ж, ми мусимо її розібрати. Звісна річ, ми не будемо її ні валити, ні палити, але зложимо все порядно на купу, щоб боярин, коли запотребує, міг собі все те забрати. І все добро його мусить бути йому схоронене в цілості.

Тимчасом дружинники повиносили до сіней великі дубові столи із світлиці, прикрили їх білою скатертю і заставили всілякою стравою й медом. Серед радісних окликів і співів почалася гостина. Тільки ж чим довше сиділи молодці за столами, чим більше їли й пили, тим більше щезала якось їх радість і веселість. І хоч мід пінився в точених дерев'яних кубках, хоч м'ясо, печене на рожнах, димилось на дерев'яних тарілках, хоч щирі, товариські слова гомоніли від одного кінця стола до другого, то все-таки таємно тремтіли чогось усі серця, немов дожидали якоїсь страшної вісті. Дивна, недослідна, а всім чутна тривога висіла в повітрі. Чи стіни боярського дому давили вільних гро-мадян?..

Ось устав один із боярських дружинників і, піднімаючи вгору кубок, повен пінистого меду, почав говорити:

– Браття! Радісний сей день для нас, і щоб ніяка лиха пригода...

Але не скінчив. Разом поблід і затремтів цілим тілом. Усі бенкетарі напруго посхапувались, вискакуючи хто куди міг, перевернули стіл з усіма кубками й стравами.

– Що се? Що се? – крикнули всі нараз і поперлися до дверей. Хоч і як дрібний на око і мало значучий був знак – глухий стук кінських копит,– а прецінь якого безмірного переполоху наробив він у боярськім домі! Одну хвилю дійсне пекло було в сінях: сей біг туди, той сюди, сей шукав того, той сього, а всі мішалися і товпилися без ладу, топчучи по кубках і стравах, по білій скатерті і по дубовім переверненім столі. Максим перший вирвався надвір із тої замішанини і, раз тільки кинувши оком довкола, пізнав усю велич небезпеки.

– До зброї, браття, до зброї! Монголи! Монголи!

Той крик був мов наглий удар грому. Всі стали, мов мертві, безладна сумішка перемінилася на безладне остовпіння. Але й се тривало тільки хвилю. Стукіт кінських копит розлягався все ближче і ближче, а неминуча небезпека разом обудила всіх із мертвоти! Адже ж усі були смілі, сильні, молоді! Адже ж кождий із них не раз у своїх дитячих і молодечих снах бачив себе в битві, в небезпеці, в кровавій боротьбі з ворогом, і бажав, і молився, щоб сон стався явою, щоб довелось йому колись ставати грудьми в обороні свого краю. І ось хвиля надійшла – і вони ж мали б її перелякатися? Тільки на хвилю оглушила їх страшна вість, страшна назва "монголи",– в найближчій хвилі вони вже були тим, чим були звичайно,– вже кождий держав у руках свою зброю, стояв у ряді поруч з іншими, готовий до кровавого бою.

– Головне діло наше, товариші, держатися сих стін. Поки ворог не випре нас від сього дому і не окружить на вільнім полі, поти не маємо чого боятися. Дім сей – то буде наша твердиня!

І він розставляв лучників коло вікон, коло дверей по два і по три, як до важності й доступності місця. Деякі мали бути внутрі дому, щоб доносити з боярського складу лучникам стріл і рогатин, головна ж сила мала стояти при входових дверях, щоб, у разі потреби, проломити ряди напасників і відбити їх від дому.

А тимчасом монголи на ріні над Опором зупинилися, позлазили з коней і, розділившися на три відділи, рушили під горбок трьома стежками. Очевидно, провадив їх хтось добре знайомий зі стежками й ходами, бо цілий той маневр відбувся швидко, без вагання, без довшої запинки. Маневр той показував ясно, що монголи хотіли зі всіх боків обійти й окружити дім відразу.

Але хто се йде так завзято на чолі середнього, головного відділу монголів? Глядять товариші, і очам своїм віри не ймуть. Се не хто другий, як сам властитель сього дому, гордий боярин Тугар Вовк.

– Наш боярин, наш боярин! – скрикнули деякі дружинники, яких Максим, не довіряючи їх щирості, поставив у ряди всуміш із тухольцями.

– Так, ваш боярин – монгольський слуга, зрадник своєї батьківщини! Невже ж ви й тепер іще схочете додержувати йому вірности?

– Ні, ні! – скрикнули дружинники однодушно.– Смерть зрадникові! Розіб'ємо вражу ватагу або самі погинемо в обороні свого краю.

Урадуваний тою заявою, сказав Максим:

– Простіть, браття! Одну хвилю я несправедливо судив вас, думаючи, що ви в змозі зі своїм боярином. Але тепер бачу, що кривду робив я вам. Держімося разом, близько стін, так, аби не могли нас окружити, і стараймося завдати їм якнайбільше страти. Монголи, як я чув, недобре вміють вести облогу, а ще в такій невеличкій силі. Чей нам удасться відбити їх напад.

Бідний Максим! Він старався в інших вмовити надію, яка у нього самого почала щезати від першої хвилі, коли тільки побачив монголів, а то тим більше тепер, коли переважна їх сила вповні розвернулася перед очима обляжених. Але все-таки його слова мали велику вагу в його товаришів, що не раз уже мали нагоду переконатися про його притомність духа й оглядність в часі найбільшої небезпеки. Сліпо полягаючи на його словах і розказах, кождий дбав лише про те, щоб пильнувати свого місця до крайньої можності, знаючи добре, що й сусіднє місце буде так само пильноване.

Та ось монголи широким колесом у три ряди обступили вже дім боярський і кам'яні стріли на своїх луках держали вже намірені на смілих обляжених молодців. Тільки що начальник не дав іще знаку до бою. Начальник, бачиться, хоче попереду пробувати ще намови, бо ось він виступив з-поміж рядів наперед против головного відділу обляжених і каже:

– Раби невірні! Погані смерди! Невже ж зухвалість ваша така безмежна, як і ваша дурнота, що ви хотіли би піднімати оружжя на військо великого Чінгісхана, нині безперечного пана всеї Русі? Піддайтеся йому без бою, то він помилує вас. Але ті, що захотять опиратися його силі, будуть нещадно роздавлені, як хробаки під колесами воза.

На таку мову голосно і сміло відповів Максим Беркут:

– Боярине! Дуже не впору назвав ти нас, синів вольної громади, рабами! Ти поглянь на себе! Може, до тебе така назва борше пристане, ніж до нас. Адже до вчора ще був ти раб княжий, а нині ти вже раб великого Чінгісхана і, певно, полизав молоко, розлите по хребті коня якогось його бегадира. Коли воно тобі смакувало, то ще з того не виходить, щоб і ми були ласі на нього. Великої сили великого Чінгісхана ми не лякаємось. Вона може нас зробити трупами, але не зробить нас рабами. А тебе, боярине, вся сила великого Чінгісхана не зробить уже ані вольним, ані чесним чоловіком!

Остра і різка була бесіда Максимова. Іншим часом він уважав би на те, що перед ним батько Мирослави, але тепер він бачив тільки ворога,– ні, зрадника, чоловіка, що потоптав сам свою честь, котрому проте ніяка честь не належиться. Голосно радувались товариші, почувши таку Максимову мову. А боярин аж пінився зо злості.

– Хлопе поганий! – кричав він.– Жди лишень, я тобі покажу, що завчасно ти похвалявся своєю вільністю! Нині ще кайдани забряжчать на твоїх руках і ногах! Нині ще ти будеш валятися в поросі перед начальником монгольської сили!

– Швидше згинути! – відповів Максим.

– Отже не згинеш! – крикнув боярин.– Гей, діти,– озвався він до монголів їхньою мовою,– далі на них! Тільки сього обминайте, сього мусимо мати живого в руках!

І він дав знак до бою. Залунав по горах і лісах роговий вереск і урвався. Стишилось довкола боярсього дому, але се була страшна тиша. Мов гадюки, свистіли монгольські стріли, градом сиплючись на боярську оселю. Правда, напасники були занадто далеко віддалені, щоб їх стріли могли трафляти оборонців або, трафивши, небезпечно ранити їх. Для того Максим крикнув до своїх товаришів, щоб тепер іще не стріляли і щоб узагалі щадили стріл і зброї, а вживали їх аж тоді, коли можна добре влучити ворога і одним ударом нанести йому значну страту. А щоб не відразу припустити напасників до стін дому, він зі своїми вибраними товаришами уставився на подвір'ю, о яких двадцять кроків перед входом, за міцним дощаним остінком – куснем недобудованого паркана. Паркан був якраз у хлопа зависокий, і стріли монгольські не досягали молодців. Зате їх цільні, хоч і рідкі, стріли смертельно разили монголів і стримували їх від наближення. Страшно розлютився Тугар Вовк, побачивши се.

– Приступом до них! – крикнув він, і збита громада монголів під його проводом кинулася бігцем із голосним криком до остінка. За остінком було тихо, немов усе там вимерло. Ось-ось уже монголи добігають, ось-ось своїм напором обалять остінок, – коли втім понад остінком вирвався, мов із землі виріс, ряд голів і могутніх рамен – і свиснула громада сталених стріл,– і ревнули з болю поражені монголи страшними голосами. Половина їх упала, мов підкошена, а друга половина перла назад, не дбаючи на крики і прокляття боярина.

– Гурра, молодці! Гурра, Максим! Гурра, Тухольщина! – закричали оборонці і дух вступив у них. Але боярин, не тямлячись зо злості, збирав уже другу громаду до нападу. Він поучав монголів, як треба нападати і не розсипатися за першим ударом противника, але бігти по трупах дальше. Тимчасом і Максим поучав своїх молодців, що діяти, і з піднесеним оружжям ждали вони нападу монголів.

– Далі на них! – крикнув боярин, і поп极перед усього цілими хмарами пустили монголи град стріл на противників, а потім знов пустилася громада приступом на остінок. Знов перед наближенням стрітили їх молодці цільними стрілами, і знов частина напасників із страшним криком упала на землю. Але решта вже не метнулася назад, лише з оглушаючим криком летіла далі й досягла остінка. Страшна була хвиля. Тонкий дощаний остінок ділив від себе смертельних ворогів, що, хоч як близько себе були, не могли досягнути одні одних. Хвилю мовчали одні й другі, тільки швидкий, гарячий віддих чути було по обох боках остінка. Раптом, мов на даний знак, загримали монгольські топори о остінок, але в тій самій хвилі тухольські молодці сильними підоймами підважили вгору остінок, поперли його плечима і обалили на монголів. А разом з тою хвилею, коли впав остінок, обаляючи своїм тягарем передні ряди монголів, скочили наперед молодці, узброєні в топори на довгих топорищах, лупаючи ними черепи монгольські. Забризкала кров, залунали крики і стогнання ворогів,– і знов розскочилася юрба напасників, лишаючи на місці бою трупів і ранених. І знов радісний крик оборонців повітав побіду товаришів, і знов відповіли на той крик монголи градом стріл, а боярин – лютими прокляттями. Але молодцям прийшлось тепер покидати своє висунене становище – із жалем прощали вони те місце, з якого так щасливо відразили перші напади монголів. Без ніякої страти, без ран, в повній зброї і найкращім порядку, лицем до ворога, молодці відступили під стіни боярського дому.

Коли на полуденнім боці двора молодці так щасливо відбивали напади монголів, ішла завзята і не так щаслива боротьба на північнім подвір'ю. І тут монгольські стріли просвистіли без шкоди для обляжених. Тільки ж тут монголи відразу пішли на приступ, і обляженим прийшлось дуже гаряче. Вони кинулись купою проти монголів, але стрічені були стрілами і мусили вертатися, стративши трьох ранених, яких монголи зараз порубали на кусні.

Першим ділом Максима було тепер – обійти всі становища і оглянути добре своє положення. Живим ланцюгом обступили монголи хату і ненастанно сипали на неї градом стріл. Обляжені також стріляли, хоч і не так густо. Максим відразу побачив, що напасники намагають до того, щоб вперти їх до середини хати, відки б вони не так густо могли стріляти, а потім легка мусила б бути над ними побіда. Значить, головна річ для оборонців була – вдержатися перед стінами дому. Але тут вони виставлені були на густі монгольські стріли. Щоб хоч троха захиститися від них, Максим велів повидривати двері, познімати верхняки із столів і поуставляти їх перед кождим становищем, як великі щити. Із-за тих щитів безпечно і вигідно стріляли молодці на монголів, кепкуючи собі з їх стріл. А Максим ходив від становища до становища, обдумував нові способи оборони і заохочував товаришів своїм словом і прикладом.

– Держімся, товариші! – говорив він.– Швидко в Тухлі почують крики або хто-будь побачить, що тут діється, і нам прибуде поміч!

Півгодини вже тривала облога. Монголи стріляли і кляли страшно "руських псів", що не то що не піддавалися їм, але ще сміли так уперто і щасливо боронитися. Тугар Вовк скликав знатніших їх ватажків на нараду, щоб обдумати який одностайний рішучий удар.

– Приступом іти! – говорив один.

– Ні, приступом трудно, а стріляти, поки всіх не постріляємо,– говорив другий.

– Постійте,– сказав Тугар Вовк,– на все буде час. Тепер тільки в тім річ, щоб позганяти їх із менших становищ. Згромадьте найбільші наші сили ніби до приступу, щоб відвести їх увагу, а тим часом малі відряди нехай рушать з обох боків до причілкових, нестережених стін. Стіни ті, правда, без вікон, але все-таки, коли наші люди стануть під ними, то будуть їм могли богато шкодити.

Ватажки пристали на тоту раду, бо вони, несвідущі в подібних маневрах, не вміли б і такої придумати.

Заворушилася монгольська сила, забряжчала зброя, заблискотіли до сонця мечі та топори, і сміло стискали в руках своє оружжя тухольські молодці, готуючись до тяжкого бою. Але поки монголи радились і ладились до уданого приступу, Максим також не дрімав. Щаслива думка прийшла йому до голови. В дощаній криші боярського дому були на всі чотири боки пророблені невеличкі вікна, і от в тих-то вікнах Максим поставив у кождім по двох слабших з своїх людей, аби пильнували відтам усяких рухів ворога, а також старалися зі своїх безпечних становищ шкодити йому чи то стрілами, чи камінням. Поки один стояв при вікні, другий завше готов був достачати йому, чого треба, а один мав доносити від них вісті товаришам надолину.

Заграли труби, і завили дикими голосами монголи, кидаючись на противників. Та тільки ж вони не мали на думці дійти аж зустріту з ними, але, прибігши до піввіддалення, разом зупинились і випустили стріли на обляжених. Коли ж і обляжені, що готовилися на останню, рішучу боротьбу, повітали їх градом стріл і причинили їм багато ран і страт, то вся монгольська лінія разом подалася назад. Голосними насміхами повітали молодці той відступ.

– А що, боярине,– крикнув Максим,– сила великого Чінгісхана, бачиться, заяче серце має: розженеться і відступить. Хіба ж не стидно тобі, старому рицареві, ватажкувати над такими бездухами, що тільки в юрбі смілі, мов барани, а поєдинчо нікотрий і за півмужа не стоїть?

Боярин нічого не відповідав на той насміх, він добре бачив, що Максим завчасно сміявсь. І сам Максим швидко побачив се.

Радісний крик монголів залунав ось-ось за причілковими стінами дому, направо і наліво відразу. Під час уданого монгольського приступу вони рушили проти тих стін: се були стіни без вікон і дверей, тож товариші не так дуже пильнували їх. Правда, поставлені на подрі молодці побачили надходячих із тих боків монголів, і кілька цільних стріл упало з дахових вікон на них, але не спинило їх, тим більше, що, стоячи при самій стіні, вони дощаним окапом заслонені були від усякої небезпеки згори.

Максим поблід, чуючи тут же біля себе зловіщі крики і дізнавшися від вартового з подрі, що вони значать.

"Пропали ми,– подумав він.– Про рятунок і мови нема. Тепер приходиться вже боротись не на життя, а на смерть".

Та й Тугар Вовк, побачивши вдачу свойого задуму, голосно порадувавсь їй.

– А що, хлопи! - крикнув він. - Побачимо, чи надовго ще стане вашої гордости. Глядіть, мої вояки вже під вашими стінами. Огню під стіни! Живо ми викуримо їх із того гнізда, а на чистім полі вони проти нас, мов миш проти кота.

Бачить Максим, що непереливки, скликає своїх товаришів докупи, бо ніщо вже тепер боронитись на поєдинчих становищах, коли під причілковими стінами монголи огонь кладуть.

– Браття,– говорив він,– мабуть, прийдеться нам погибати, бо на рятунок слаба надія, а монголи, се знайте наперед, не пощадять нікого, хто дістанеться в їх руки, так, як не пощадили наших ранених товаришів. А коли гинути, то гиньмо як мужі, з оружжям у руках. Як гадаєте: чи будемо стояти тут і боронитися до остатнього духу, заслонені хоч вчасти стінами, чи волимо всі разом ударити на монголів, може б нам таки удалося проломити їх ряди?

– Так, так, ударимо на монголів!–закричали всі товариші.– Ми ж не лиси, що їх стрілець викурює з ями.

– Добре, коли така ваша воля,–сказав Максим.– Ставайте ж у три ряди, луки й стріли кидайте геть, а топори й ножі до рук – і за мною!

Мов один величезний камінь, випущений із великої метавки напроти мурів твердині, так ударили наші молодці на монгольські ряди. Правда, заким іще добігли до монголів, стрічені були градом стріл,– тільки ж ті стріли нічого не зробили їм, бо перший ряд ніс перед собою замість щита верхняк із стола, вбитий на дві списи, і в той верхняк повпивалися монгольські стріли. Аж наближуючись до монголів, перший ряд кинув свій дерев'яний щит – і цілий відряд кинувся на ворога з безтямною завзятістю. Відразу змішалися монголи і почали подаватися в боки, але Тугар Вовк був уже тут зі своїм відділом і окружив молодців цілою громадою монголів, мов стрільці цілою ватагою псів окружають розжертого дика. Розпочалась страшна різанина. Цілими десятками валили хоробрі молодці монголів, але Тугар Вовк слав щораз нові роти напротив них. Кров бризкала далеко із скаженої сутолоки людей, трупів, ран та кровавого оружжя. Стогнання ранених, зойки конаючих, скажені крики убійців,– усе те мішалося в якусь пекельну гармонію, що різала вухо і серце, лунаючи під отим усміхнутим ясним сонцем, на тлі ситої зелені смерекових лісів та під лад ненастанного шуму холодних потоків.

– Направо, товариші! Разом і дружно напрім на них! – кричав Максим, відбиваючися від трьох монголів, що старались вибити йому оружжя з руки. Зі страшною натугою наперли товариші направо, де лінія монголів була найслабша і місце для оборони найдогідніше. По короткім опорі монголи подалися.

– Далі, далі, женіть їх наперед себе! – кричав Максим, кидаючися зі своїм кровавим топором на уступаючих монголів. Товариші поперли за ним, і відворот монголів швидко перемінився на пополох і безладну втіканину. А товариші гнали слідом за ними, валячи одного за другим іззаду на землю. Перед ними було чисте поле, а недалечке темний, запахущий ліс. Коли б їм у далось добігти до нього, то були б спасені; ніяка монгольська сила не здужала б їм тут нічого зробити.

– Далі, товариші, далі, до ліса! – кричав Максим, і без віддиху, мовчки, кроваві й страшні, мов справді дикі звірі, гнали товариші наперед себе втікаючих монголів у напрямі до ліса. Тугар Вовк одним позирком переглянув положення обох сторін – і зареготався :

– Щаслива дорога! – крикнув він услід за молодцями.– На тій дорозі ми ще здиблемося!

І живо він відділив часть монголів і післав їх горою на тухольський шлях, щоб зайшли молодців іспереду, від ліса. Він знав добре, що його монголи впору поспіють. А сам з рештою монголів пустився навздогін за тухольцями.

Три тумани куряви стояли на полю над Опором; три громадки людей гнали за собою тим полем. Перша бігла громадка переляканих, розбитих монголів; за ними, здоганяючи їх, наші молодці під проводом Максима, а за ними головна сила монголів під проводом Тугара

Вовка. Третій відділ монгольський, висланий Тугаром горою наперейми, швидко десь заховався і щез, незавважений роз'яреними в своїй погоні молодцями.

Нараз утікаючі монголи спинилися, стали. Перед ними показалася несподівана завада: глибокий, у скалі викутий вивіз – початок тухольського шляху. Вивіз був у тім місці майже на два сажні глибокий; стіни його стрімкі й гладкі, так що злізти вдолину зовсім не можна, а скакати дуже небезпечно, особливо першому рядові втікачів, які могли надіятися, що тут же за ними і на них скочить другий ряд. У смертельній тривозі, яка й найбоязливішому не раз у остатній хвилі додає відваги, зупинилися монголи і обернулися лицем до своїх противників. В тій хвилі блиснула їм несподівана надія: за слідом противників побачили настигаючих своїх одновірців – і руки їх мимоволі вхопили за оружжя. Але сей наглий вибух відваги не був в силі спасти їх. Мов розгукана буря, впали на них тухольські молодці, ломлячи й друхочучи всі завади – і попхнули їх до пропасті. З зойком повалились ті, що стояли ззаду, на дно вивозу, коли тимчасом передні конали від мечів і топорів тухольських. Тепер молодці самі опинилися над стрімкою стіною вивозу і затремтіли. Тут іззаду настигає Тугар Вовк з монголами, а спереду оця страшна пропасть! Що діяти? Хвилі розваги досить було для Максима. Вид лежачих на дні вивозу потовчених монголів навів його на добру думку.

– Задній ряд нехай обернеться лицем до монголів і стримує на хвилю їх нагін, а передній кидай монгольські трупи в вивіз і скачи на них! – крикнув він.

– Гурра! – закричали радісно молодці, сповняючи його розказ. Застугоніли теплі ще монгольські трупи, падучи додолу,– заясніла для наших молодців надія рятунку. А втім надлетіла монгольська погоня, Тугар Вовк попереду.

– Ні вже,– кричав він,– сим разом не уйдете моєї руки! – І своїм важким топором повалив першого стрічного противника, що вчора ще був його найвірнішим лучником. Зойкнув смертельно ранений і впав під ноги боярина. Товариш його замахнувсь топором на Тугара, щоб помститись смерті товариша, але в тій хвилі його з двох боків піднято на монгольські списи. Цілий перший ряд молодців упав по короткім опорі. Се ж були самі найслабші, поранені в попередній битві, що в погоні бігли з самого заду. Але все-таки монголів на хвилю вони спинили, а їх щасливіші товариші були вже безпечні на дні вивозу.

– Стійте! – кричав до своїх Максим. – В ряди і під стіну вивозу! Коли схотять гнатися за нами, то тут їм справимо криваву купіль.

– Перший ряд скачи за ними! – командував у нерозважнім запалі Тугар Вовк,– і скочив перший ряд монголів, але не встав уже живий, ба, многі й до землі не долетіли живі, стрічені в повітрі топорами молодців.

– Гурра! – закричали ті, радуючись.– Ану, другий ряд, скачи також!

Але другий ряд стояв над вивозом і не квапився скакати. Тугар Вовк побачив свою помилку і швидко вислав сильний відділ нижче, щоб іздолини замкнути вихід вивозу.

– Тепер не йдуть нам пташки,– радувався він.– От уже мої ловці надходять! Ану, діти, далі на них! Скажений крик монголів залунав у вивозі, тут же під ногами Тугара Вовка. Се був відділ, висланий горою наперейми; вниз вивозом він ударив тепер на тухольців.

– Вниз вивозом утікаймо! – скрикнули молодці, але один позирк переконав їх, що вся надія на рятунок пропала. При вході внизу чорнілася вже друга купа монголів, що йшла напроти них, щоб їх зовсім замкнути в тій кам'яній клітці.

– Аж тепер смерть наша! – сказав Максим, обтираючи о кожух забитого, при його ногах лежачого монгола свій кровавий топір.– Товариші, сміло до остатнього бою!

Та й сміло ж виступили вони! Добуваючи остатніх сил, ударили на монголів і, невважаючи на некорисну, згористу місцевість, що сприяла монголам, ще раз змішали їх, ще раз завдали їм велику страту. Але монголи силою свого розгону поперли їх удолину і розбили їх ряди. В геройській обороні падали молодці один за другим, тільки Максим, хоч бився як лев, прецінь не мав іще рани на своїм тілі. Монголи уникали його, а коли тислися на нього, то тільки в надії витрутити йому оружжя з руки і взяти його живого. Такий був виразний наказ Тугара Вовка.

Ось наступив і другий відділ монгольський здолини; молодців стиснено в тій безвихідній кам'яній кліті, приперто їх до стіни, і лиш тільки вільного місця було перед ними, кілько могли його зробити своїми мечами та топорами. Але руки їх зачали ослабати, а монголи пруться і пруться на них, мов хвилі повені. Вже деякі, стративши всяку надію і бачучи неможливість дальшої боротьби, наосліп кинулися в найгустіші ряди монголів, і в одній хвилі погибали, розсікані топорами. Інші,

шепчучи молитви, тулилися ще до стіни, мов вона мог-
ла дати їм яку-небудь поміч: треті хоть і ніби борони-
лися, але безтямно, машинально махали топорами, і
смертельні удари монголів заставали їх уже трупами,
нечутливими й бездушними. Тільки невеличка гор-
стка найсильніших – п'ять їх було,– окруживши Макси-
ма, держалася ще просто, мов шпиль скали серед
розгуканої заливи. Три приступи монголів відбила
вже та горстка, стоячи на купі трупів, мов на башті;
вже мечі й топори в руках героїв затупилися, одіж їх,
руки й лиця скрізь заплили кров'ю,– але все ще різко
і виразно відзивався голос Максима, що загрівав то-
варишів до оборони. Тугар Вовк напівгнівно, напів з
подивом глядів на молодця згори.

– Їй-богу, славний молодець! – сказав він сам до
себе.– Не дивуюсь, що він очарував мою доньку. І
мене самого він міг би очарувати своєю рицарською
вдачею!

А потім, обертаючися до своїх монголів, що стояли
над берегом яру, він крикнув:

– Далі, скачіть на них! Нехай скінчиться та різани-
на. Лиш сього (показав Максима) не тикайте!

І разом, мов важка скала, скочили монголи згори
на непобіджену ще купку героїв і повалили їх на зем-
лю. Ще раз залунали скажені крики, ще борикалися
напідсили монголи з тухольцями, але недовго. На
кождого з героїв навалилася ціла юрба монголів– і всі
полягли головами. Тільки Максим сам один стояв іще,
мов дуб серед поля. Він розсік голову тому монголові,
що скочив був на нього, і саме замахнувся на другого,
коли втім якась сильна рука залізним стиском ухо-
пила його ззаду за горло і кинула ним до землі. Упав,

підступно повалений, Максим, і над ним, почервоніле від гніву й натуги, нахилилося лице Тугара Вовка.

– А що, смерде! – насмішливо кричав боярин. – Бачиш тепер, що я вмію додержати слова? Ану, діти, закуйте його в залізні пута!

– Хоч і в путах, я все буду вольний чоловік. У мене пута на руках, а в тебе на душі! – сказав Максим.

Боярин зареготався і відійшов від нього давати порядок монгольському війську, якого число сильно змаліло в тій кровавій різанині. З головною частиною оставших іще монголів Тугар Вовк пішов до своєї хати; решті велів обсадити нещасний, тепер трупами завалений, вивіз. Виділивши всіх здорових до стереження вивоза, сам він з невеличкою рештою і взятим до неволі Максимом мав вернутися до табору.

– Прокляті хлопи! – буркотів боярин, переглядаючи свої страти.– Скільки народу понівечили! Ну, але чорт бери монголів– їх не шкода! Коб тільки мені по тих трупах дійти до власти й сили,– обернувся б і я лицем проти них. Але сей поганець, сей Максим,– то мені борець! А хто знає, може й він міг би послужити до моєї цілі? Треба використати його, коли його маю в руках. Він мусить служити нам за провідника в горах, бо чорт їх там знає, який се той їх шлях і чи нема де на нім яких манівців. Тепер, коли він у моїх руках, треба приєднати, вкоськати його троха,– хто знає, на що ще може він пригодитися.

А тимчасом монголи готовили вже коней до від'їзду. Максим, скований за руки і за ноги в тяжкі ланцюги, кровавий, простоволосий, із пошарпаною на шматки одежею, сидів на камені над річкою, німий, з затисненими зубами і з розпукою в серці. Перед ним на полі і в вивозі купами лежали незастиглі ще, пошматовані і кров'ю оббризкані трупи його товаришів і ворогів. Які щасливі були ті трупи! Вони лежали так тихо, так сумирно на своїй кривавій постелі, без гніву, без муки, без ворогування. Вони сміялись тепер зі всяких пут, із цілої сили великого Чінгісхана, а його кусень заліза зробив бездушним знаряддям у руках дикої самоволі, жертвою кривавої пімсти! Які щасливі були трупи! Вони, хоч покалічені, носили на собі образ і подобу людську,– а його оці пута в одній хвилі зробили скотиною, невольником!

– Сонце праведне! – кликнув у своїй душевній муці Максим.– Невже ж така твоя воля, щоб я гинув у кайданах? Невже ж ти так часто своїм ясним усміхом вітало дні моєї радости на те лише, щоб сьогодні повітати моє бездонне горе? Сонце, невже ж ти перестало бути добрим богом Тухольщини, а сталося опікуном тих лютих дикунів?

А сонце сміялося! Ясним, гарячим промінням воно блискотіло в калюжах крові, цілувало посинілі уста і глибокі рани трупів, крізь які витікав мозок, вистирчували теплі ще людські тельбухи. І таким самим ясним, гарячим промінням воно обливало зелений ліс, і чудові запахущі цвіти, і високі полонини, що купалися в чистім лазуровім ефірі. Сонце сміялося і своїм божеським, безучасним усміхом ще дужче ранило роздерту Максимову душу.

VI

Дивний сон снився Захарові Беркутові. Здавалось йому, немов нині їх дорічне свято "Сторожа", і вся громада зібрана довкола каменя при вході тухольської тіснини: дівчата з вінками, молодці з музикою, всі в празничних чистих строях. Оце він, найстарший віком у громаді, перший наближається до святого каменя і починає молитися до нього. Якісь таємничі, тривожні, болючі чуття опановують його серце під час молитви; щось щемить у нього в глибині душі – і сам він не знає, що такого. Він молиться гаряче, по двох-трьох словах звичайної молитви він відступає від стародавніх, звичаєм усталених зворотів; якась нова, гарячіша, пориваюча молитва плине з його уст; уся громада, потрясена нею, паде ниць на землю, і сам він робить те саме. Але слова не перестають плисти, темно робиться кругом, чорні хмари покривають небо, громи починають бити, блискавиці палахотять і облітають увесь небозвід осліпляючим огнем, земля здригається – і разом, звільна перехиляючись, святий камінь рушається з місця і з страшенним лускотом валиться на нього.

– Що се може значити? – питав сам себе Захар, роздумуючи над своїм сном.– Щастя чи нещастя? радість чи горе? – Але він сам не міг знайти відповіді на те питання, тільки сон сей лишив по собі якесь важке прочуття, якусь хмару суму на Захаровім чолі.

Швидко справдилось це прочуття! Саме пополудні настигли страшні, несподівані вісті до Тухлі. Пастухи з сусідньої полонини прибігли без духу до села, голосячи, що бачили якусь бійку коло боярського дому, якусь громаду незвісних чорних людей і чули незрозумілі, роздираючі крики. Майже вся тухольська молодіж, уоружившись у що хто міг, побігла на місце бою, але зупинилась оподалік, побачивши кроваве і трупами вкрите побоєвище, а боярський дім окружений хмарою монголів. Не було сумніву, всі молодці, вислані для збурення боярського дому, погибли в нерівній боротьбі з тими наїзниками. Не знаючи, що діяти, тухольська молодіж вернула до села, розносячи всюди страшну вість. Почувши її, затремтів старий Захар, і гірка сльоза покотилася по його старім лиці.

– От і сповнився мій сон! – прошептав він. – В обороні свого села поляг мій Максим. Так воно й треба. Раз умирати кождому, але славно вмирати – се не кождому лучається. Не сумувати мені за ним, але радуватись його долею.

Так потішав себе старий Захар, але серце його скиміло глибоко: надто сильно, всею силою своєї душі він любив свого наймолодшого сина. Але швидко він скріпився духом. Громада кликала його, потребувала його ради. Купами тислися люди, старі й молоді, за село, до тухольської тіснини, за котрою так близько стояв страшний їх ворог. Перший раз, відколи засіла Тухля, рада громадська зібралася нині без звичайних обрядів, без знамена, серед брязку топорів та кіс, серед напівтривожного, напіввойовничого гамору. Без порядку мішалися старці з молодцями, оружні з безоружними, ба навіть жінки снували сюди й туди поміж громадою, допитуючись вістей про ворога або голосно оплакуючи своїх погиблих синів.

– Що діяти? що починати? як боронитися?–гуло в народі. Одна думка переважала всі інші: вийти громадою перед тіснину і боронитися від монголів до остатньої краплі крові. Особливо молодіж наставала на те.

– Ми хочемо згинути, як наші брати погинули в обороні свого краю! – кричали вони.– Тілько по наших трупах увійдуть вороги в тухольську долину!

– В тіснині поробити засіки і з них разити монголів! – радили старші.

Далі, коли гамір трохи втишився, заговорив Захар Беркут.

– Хоч то воєнне діло – не моє діло і не мені, старому, радити про те, до чого не можу приложити своїх рук,– але все-таки я думав би, що не велика наша заслуга буде, коли відіб'ємо монголів, особливо зваживши, що се нам не так-то й трудно зробити. Сини наші погибли з їх рук, кров їх обагрила нашу землю і кличе нас до пімсти. Чи пімстимось ми на ворогах наших, на нищителях нашого краю, коли відіб'ємо їх від свого села? Ні, а тілько, відбиті від нашого села, вони з подвійною лютістю кинуться на інші села. Не відбити, але розбити їх – се повинна бути наша мета!

Громада з увагою слухала слів свого бесідника, і молодіж, податлива на все нове та несподіване, готова вже була пристати на ту раду, хоч і не знала, як можна її виконати. Але многі голоси старців обізалися против неї.

– Не в гнів тобі будь сказано, батьку Захаре, – заговорив один громадянин,–але твоя рада хоч мудра і велику обіцяє славу, та неможлива для нас. Слабі наші сили, а монгольська сила велика. Ще не наспіла поміч від інших верховинських і загірських громад, а хоч і наспіє, то таки наша сила не вистарчить навіть на те, щоб окружити монголів, не то вже щоб .побороти їх в одвертій битві. А без того як ми розіб'ємо їх? Ні, ні! Замала наша сила! Щастя наше, коли здужаємо відбити їх від свого села і відвернути від шляху; розбити їх ми не маймо й надії!

Бачучи всю основність тих закидів, Захар Беркут, хоч з болем серця, готов був покинути свою молодечо-гарячу думку, коли втім дві несподівані події значно піднесли настрій тухольської громади і змінили цілу її постанову.

Долі селом вулицею надійшли, одна за другою, при звуках труб та дерев'яних трембіт аж три громади уоруженої молодіжі. Кожда громада несла наперед себе боєву хоругов; охочі, смілі їх пісні лунали далеко по горах. Се йшла приобіцяна тухольцям поміч верховинських і загірних громад. Хлоп в хлопа, мов рослі явори, стали всі три відділи довгими рядами перед зібраною громадою і склонили хоругви на знак привітання. Любо було глядіти на ті здорові, рум'яні лиця, розігріті мужньою відвагою і гордим почуттям того, що їм прийдеться заступати своїми грудьми все, що найдорожче у них на світі, що на їх оружжя вложено велике діло. Радісний, громовий крик усіх тухольців стрітив їх прихід; тільки матері, що саме сьогодні стратили своїх синів, заридали на вид того найкращого цвіту народного, котрий завтра, може, так само поляже, скошений і потоптаний, як полягли нині їх ясні соколи. Заскиміло серце і в старого Захара Беркута, коли поглянув на тих молодців і подумав собі, як то пишно визначувався би серед них його Максим. Та ні, годі! мертвого не вернеш, а живий живе гадає...

Ще не стихла радість із приходу тих пожаданих помічників, ще громада не мала часу приступити до дальшої наради, коли втім з противного боку, з лісової прогалини, що була над тухольською тісниною, показався новий і зовсім уже несподіваний гість. На спіненім коні, пообдиранім гіллям та колючками, припавши до його шиї, щоб швидше й безпечніше їхати по лісі, не зачіпаючись о галуззя, їхала, що кінь доскочить, якась людина. Хто се такий був – здалека годі було вгадати. На ній був овечий монгольський кожух, обернений пелехами наверх, а на голові гарний бобровий ковпак. Молодці приняли приїжджу людину за монгольського висланця і виступили проти неї з луками. Але, виїхавши з ліса та наблизившись над стрімкий обрив, по котрім треба було злазити в тухольську долину, мнимий монгол зліз із коня, скинув із себе кожух, і, всім на диво, показалася женщина, в білім полотнянім, шовком перетиканім плащі, з луком за плечима і з блискучим топірцем за поясом.

– Мирослава, дочка нашого боярина! – закричали тухольські молодці, не можучи відвести очей від прегарної, смілої дівчини. Та вона, очевидячки, й не дивилась на них, але, лишивши свого коня там, де з нього злізла, живо почала озиратися за стежкою, куди можна би спуститися в долину. Швидко її бистрі очі відкрили таку стежку, майже зовсім укриту серед широкого, чепіргатого листя папороті та колючих ожин. Певним кроком, мов відроду до того привикла, зійшла стежкою в долину і наблизилася до громади.

– Здорові були, чесна громадо, – сказала вона, злегка паленіючи.– Я спішила звістити вас, що монголи надходять, перед вечером будуть тут, то щоб ви приготовилися, як їх приняти.

– Ми знали се,– загули голоси з громади,– се нам не новина.

Голоси були різкі, неприязні дочці поганого боярина, через котрого стільки молодців погибло. Але вона не образилася тою різкістю, хоч, очевидно, почула її.

– Тим ліпше для мене, що ви вже приготовані,– сказала вона.– А тепер прошу вказати мені, де тут Захар Беркут.

– Ось я, дівчино,– сказав старий Захар, наближаючись. Мирослава довго, з увагою і пошаною гляділа на нього.

– Позволь, чесний батьку,–заговорила вона тремтячим з внутрішнього зворушення голосом,– сказати поперед усього, що син твій живий і здоров.

– Мій син! – скрикнув Захар.– Здоров і живий! О боже! Де ж він? Що з ним діється?

– Не лякайся, батьку, тої вісти, котру скажу тобі. Твій син у монгольській неволі.

– В неволі? – скрикнув мов громом прошиблений Захар.– Ні, то не може бути! Мій син радше дасть на кусні порубати себе, аніж узяти себе вневолю. Се не може бути! Ти хочеш налякати мене, недобра дівчино!

– Ні, батьку, я не лякаю тебе, воно справді так. Я ж тепер просто з монгольського табору, бачила його, говорила з ним. Силою і підступом узяли його, закували в залізні пута. Хоч без рани, а весь облитий був кров'ю ворогів. Ні, батьку, твій син не подав ім'я твоє в неславу.

– І що ж він говорив тобі?

– Казав мені йти до тебе, батьку, потішити тебе в твоїй самоті й тузі, стати тобі за дочку, за дитину, бо я, батьку (тут голос її ще дужче затремтів), я... сирота, я не маю вітця!

– Не маєш вітця? Невже ж Тугар Вовк погиб?

– Ні, Тугар Вовк живий, але Тугар Вовк перестав бути моїм батьком, відколи... зрадив... свій край і пристав... у службу монголів.

– Сього можна було й надіятись,– відповів понуро Захар.

– Тепер я не можу вважати його батьком, бо не хочу зраджувати свого краю. Батьку, будь ти моїм вітцем! прийми мене за дитину! Нещасний син твій просить у тебе сього моїми устами.

– Мій син! мій нещасний син! – стогнав Захар Беркут, не підводячи очей на Мирославу.– Хто мене потішить по його страті?

– Не бійся, батьку,– може, він іще не страчений, може, нам удасться видобути його на волю. Слухай лише, що наказував мені Максим!

– Говори, говори! – сказав Захар, поглядаючи знов на неї.

– Він радив тухольській громаді не спиняти монголів перед тісниною, але впустити їх у кітловину. Тут можна їх обступити і вирубати до останнього, а коли ні, то виморити голодом. Треба тільки поробити засіки в вивозі при водопаді і повиносити з села все добро громадське, все збіжжя, весь хліб, усю худобу, а потім замкнути їх тут зо всіх боків. "Тут,–казав Максим,– побідите їх, або ніде інде!" Так радив Максим.

Уся громада з напруженою увагою слухала Мирослáвиної бесіди. Глибока мовчанка залягла над усіми, коли стихли її слова. Тільки Захар гордо й радісно випростувався, а далі з простертими раменами наблизився до Мирослави.

– Доню моя! - сказав він.- Тепер я бачу, що ти варта бути дочкою Захара Беркута! Се правдиві слова мойого сина,- з них віє його смілий дух! Тими словами ти здобула моє батьківське серце! Тепер я легше віджалую сина, коли небо післало мені замість нього таку доньку!

Ридаючи, кинулася Мирослава в його обійми.

– Ні, батьку, не говори так,- сказала вона.- Син твій не буде страчений,- він повернеться тобі назад. Він іще нині вечір буде тут разом з ордою, і коли бог поможе нам розбити її, то чей ми й його освободимо.

В тій хвилі в тіснині дався чути крик тухольських вартових: "Монголи! Монголи!" - і вслід за тим прибігли вартові, голосячи, що монголи в незліченній силі показалися в долині над Опором. Тут приходилось рішатися живо, що діяти, як боронитися? Захар Беркут ще раз обстав за тим, аби впустити монголів в тухольську кітловину і тут, обскочивши їх, вирізати або виморити всіх до ноги.

Тепер уже не піднімалися голоси, противні тій раді – і швидко громада рішилася. Всі кинулися до своїх хат, аби хоронити своє добро в ліси. Сторонські молодці щодуху рушили на горішній бік долини, до водопаду, щоб поробити засіки в вивозі і не дати туди монголам пройти. Страшний розрух зробився в селі. Крик, розкази й запитання, рик волів і скрип дерев'яних двоколісних теліг лунали з усіх усюдів, глушили слух і котилися по горах. Сумно прощали тухольці свої хати й подвір'я й огороди та засіяні ниви, котрі нині ще мала зруйнувати і столочити страшна монгольська повінь. Матері несли своїх заплаканих дітей, батьки гнали худобу, везли на возах домашній спряток, мішки з хлібом і одежею. Курява стояла над селом; тільки потік сріблистою водою шумів собі, як звичайно, і старий величезний Сторож при вході в тухольську тіснину стояв понуро, опущений, сумовитий, немов жаліючи своїх дітей, що покидали оцю гарну долину, немов нахиляючись у сторону тіснини, щоб своїм величезним, кам'яним тілом заставити їм дорогу. Засумувалась і стара липа на копнім майдані за селом, а ревучий водопад, переливаючись у кармазинових променях заходового сонця, непорушним, кровавим стовпом стояв над опустілою тухольською кітловиною.

Вже зовсім опустіло село. Хати потонули в вечірньому тумані; курява уляглась по дорозі, замовкли голоси і крики, немов відвічна пустиня пожерла все життя сеї долини. Сідало сонце за тухольські гори, тонучи в легеньких червоних хмарах; темні смерекові ліси довкола Тухлі шептали тихо, таємничо, немов передавали собі якусь зловіщу новину. Тільки земля, не знати чому, глухо стугоніла і стогнала: повітря, хоч ясне й погідне, тремтіло якимось дивним, змішаним гомоном, від котрого дрож проймала й найсмілішого. А далеко-далеко по лісах, у глибоких темних ярах, між недоступними ломами вили вовки, гавкали уриваним голосом лиси, бегетіли олені, ричали тури. А в селі так тихо, так мертво! А на небі так ясно, так погідно! Але ні. Ось нараз щезло сонце за чорною, живою хмарою, що стіною тягне з заходу, наповняючи повітря диким вереском і спускаючись над Тухлею. Се віщуни і невідступні товариші орди, гайворони та круки, тягнуть незліченними стадами, чуючи поживу. Зловіще птаство б'ється в повітрі, розривається плахтами і кидається в різні боки, мов хмари, биті бурею. Тухольські сумирні стріхи відразу вкрилися чорними гістьми, а гамір їх клекотів, мов кип'яток у величезнім кітлі. Німо, нерухомо стоячи над стрімкими берегами своєї кітловини, гляділи тухольці на погане птаство і в дусі проклинали тих віщунів смерті й руїни.

Але живо вид змінився. Мов через прорву в тамі валиться осіння повінь, так почали в кітловину валитися чорні почвари з страшенним криком. Ряди тислися за рядами, без кінця і впину; мов вода під водопадом, так вони зупинялися, вийшовши з тісного гирла, формувалися в довжезні ряди, посувалися звільна, без опору заливаючи пусту рівнину. Передом, дорогою, їхав на білім коні страшний велетень, Бурунда-бегадир, а обік нього другий, менший їздець – Тугар Вовк.

Звільна їхали вони наперед, немов щохвилі ждали нападу з села. Але нападу не було, село лежало мов після чуми. З страшним криком кинулися перші ряди монголів на хати, щоб, по свойому звичаю, різати, грабувати,– але різати не було кого, хати були пусті. З лютим криком кидались монголи від хати до хати, вивалюючи двері, руйнуючи плоти й ворота, розбиваючи діжки і плетінки, розвалюючи печі. Але вся їх лютість була даремна,– в селі ніхто не показувався.

– Прокляті пси! – говорив Бурунда до Тугара Вовка.– Зачули нас, поховалися!

– Чи заночуємо тут, бегадире? – спитав Тугар Вовк, не відповідаючи на замітку бегадира.

ІВАН ФРАНКО

– Поки не зустрінемось з тими псами, поти не можемо ночувати,– відмовив Бурунда.– Веди нас до виходу з сеї ями! Треба забезпечити собі вихід!

– Вихід безпечний, – успокоював Тугар Вовк, хоч і самому якось ніяково було бачити, що всі тухольці так чисто винеслися з села. І хоч успокоював бегадира, то все-таки просив його крикнути на військо, щоб покинуло шукати добичі і спішило до виходу. Неохітно пішли перші ряди монгольської орди, коли тимчасом задні все ще тислися через тіснину, чимраз густіше заливаючи кітловину.

Ось уже чільний відряд вийшов із села і спішив до вивозу, викуваного в скалі. З долини нічого не видно було в вивозі, і безпечно підійшли монголи аж під стрімку кам'яну стіну, в котрій прокований був вивіз. Коли втім разом зверха стіни посипалось величезне каміння на монголів, калічачи та розбиваючи їх. Зойк напасників, ранених і повалених на землю, вдарив під небо. Закрякала хижа птиця над своїми жертвами. Вже напасники почали подаватися взад і вбоки, коли втім Бурунда і Тугар Вовк з голими мечами кинулись їм навперейми.

– Куди ви, безумні? - ричав ярим туром Бурунда.– Ось перед вами вхід до вивозу, туди за мною!

І, пхаючи перед собою цілу юрбу, він кинувся в темне гирло вивозу. Але тут чекала напасників добра стріча. Градом посипалось каміння на їх голови, і не одному з вояків Чінгісхана кров залила очі, мозок бризнув на кам'яні стіни з розбитого черепа. Мов з пекла, ревнули крики і стогнання з темного вивозу, але понад ними все голосніше гримів голос Бурунди:

"Далі, заячі серця, далі за мною!" – і нові купи, невважаючи на новий град каміння, поперлися в вивіз.

– Далі горі вивозом! – кричав Бурунда, щитом заслонюючись від спадаючого згори каміння.

Тимчасом Тугар Вовк, побачивши на версі берега громадку молодців, велів стоячим перед вивозом монголам сипнути на них стрілами. Зойки розляглися на горі – і голосно завили з радості монголи. Але за своїх трьох ранених тухольські молодці з подвійною лютістю почали кидати величезними плитами на напасників. Тільки ж се все не було би стримало завзятого Бурунду, коли б усередині, на скруті вивозу, не показалася несподівана завада: вивіз завалений був аж до верха величезним камінням. А тут тухольці нападали чимраз лютіше, каміння сипалось, мов град, монголи падали один за другим,– і Бурунда побачив вкінці, що даремна його завзятість, бо пройти туди годі, поки не вдасться зіпхнути тухольців з верха.

– Назад! – крикнув Бурунда, і невеличка решта монголів, що лишилася зі штурмуючої купи, без духу, мов камінь з пращі, вилетіла з вивозу.

– Вивіз завалений! – сказав, важко дишучи, Бурунда до боярина, обтираючи собі піт і кров з лиця.

– Покиньмо їх на тепер, нехай тішаться! – сказав Тугар Вовк.

– Ні,– скрикнув Бурунда, з погордою поглядаючи на боярина,– вояки великого Чінгісхана не вміють відкладати діла на завтра, коли можна його зробити сьогодні.

– Але що ж тут сьогодні зробимо? – спитав Тугар Вовк, поглядаючи з дрожжю в темне гирло вивозу, з котрого ще видобувалися страшні стогнання смертельно ранених, недобитих монголів.

– Зігнати тих псів відтам з гори! – крикнув люто Бурунда, показуючи рукою на хребет скалистого берега.–

Драбин сюди! Передні на драбини, а задні відганяй їх стрілами! Побачимо, чия візьме!

З поблизьких хат назношено драбин і, за радою Тугара Вовка, позбивано їх півперечними жердками немов у широку стіну. Тухольці з гори придивлялися тій роботі спокійно. Ось уже монголи з криком підняли свою збірну драбину і поперли її до камінної стіни. Камінням, стрілами і рогатинами стрітили їх тухольці, але не вдіяли нічого монголам, бо коли один та другий упав поражений, то інші двигали велику драбину дальше, а на місце зраненого прискакували свіжі. А рівночасно задні ряди монголів пускали вгору свої стріли і присилували тухольців податися взад. Страшна драбина живо наближалася до стіни. Тривога почала опановувати тухольців...

Недалеко від побоєвища, захищений кам'яною брилою від стріл, сидів на соломі Захар Беркут, занятий при ранених. Він повиймав їм із ран стріли, повимивав рани при помочі Мирослави і заходився перев'язувати їх, поприкладавши якоїсь скусно приладженої живиці, коли втім деякі залякані вояки прибігли до нього, сповіщаючи про небезпеку.

– Що ж я вам, діточки, пораджу? – сказав старий, але Мирослава схопилася з місця і побігла оглянути небезпеку.

– Не бійтеся,– сказала вона тухольцям,– живо ми поворожимо їм! Нехай собі стріляють, а ви ратища в руки, і плазом додолу! Аж коли передні покажуться до половини на горі, тоді разом на них! Самі вони заслонять вас від стріл, а обаливши передніх, ви обалите й задніх. Сумерки сприяють нам, і, відбивши їх сим разом, будемо мати спокій на всю ніч.

Без слова опору попадали тухольці ниць додолу, похапавши ратища в руки. Стріли ще сипались якийсь час, а відтак перестали – знак, що передній ряд почав спинатися горі драбиною. Дух у собі запираючи, лежали тухольці й дожидали ворогів. Ось чути вже скрип щаблів, сапання мужів, брязкіт їх оружжя – і звільна, несміло виринають перед очима лежачих мохнаті кучми, а під ними чорні, страшні голови з маленькими, блискучими очима. Очі ті тривожно, несхибно, мов закляті, глядять на лежачих тухольців, але голови піднімаються вище, чимраз вище; вже під ними видніються рамена, плечі, окриті мохнатими кожухами, широкі груди,– в тій хвилі з страшним криком зриваються тухольці, і ратища їх разом глибоко тонуть у грудях напасників. Крик, ревіт, замішання, тут і там судорожні рухи, тут і там коротка боротьба, прокляття, стогнання,– і, мов тяжка лавина, валиться ворог долі драбиною додолу, обалюючи за собою слідуючі ряди,– а на ту купу живих і мертвих, без ладу змішаних, кровавих, трепечучих і ревучих тіл людських валяться згори величезні брили каміння – і понад усім тим пеклом напівзакритим заслоною ночі, вириваєся вгору радісний оклик тухольців, жалібне виття монголів і страшні прокляття Бурунди-бегадира. Той скакав по майдані мов скажений, рвучи собі волосся з голови, а вкінці, не тямлячись з лютості, з голою шаблею прискочив до Тугара Вовка.

– Псе блідолиций! – кричав він, скрегочучи зубами.– Подвійний зраднику – се твоя вина! Ти запровадив нас у сесю западню, відки ми вийти не можемо!

Тугар Вовк полум'ям спалахнув на таку мову, якої він ще не чув відроду. Рука його мимоволі вхопила за меча, але в тій хвилі щось так глибоко, так важко заболіло його в серці, що рука ослабла, впала, мов глиняна, і він, похиливши лице й затиснувши зуби, сказав придушеним голосом:

– Великий бегадире, несправедливий твій гнів на вірного слугу Чінгісхана. Я не винен тому, що ті смерди опираються нам. Вели розложитися війську на ніч і відпочити, а завтра рано сам побачиш, що вони пирснуть перед нашими стрілами, як сухе осіннє листя перед подувом вітру.

– Ага, так! – крикнув Бурунда.– Щоб вони поночі напали на нас у хатах і порізали наше військо!

– То вели спалити хати і ночувати війську під голим небом!

– Усе ти хитро говориш, щоб відвернути мій гнів, аби скинути з себе вину! Але ні! Ти запровадив нас сюди, ти мусиш і вивести нас, і то зараз завтра, без страти часу й людей! Чуєш, що мовлю? Так мусить статись, або горе тобі!

Дармо Тугар Вовк запевняв дикого бегадира, що він не всьому винен, що він радив, як по його думці було найліпше, що рада начальників монгольських пристала на його слова, що ніякий провідник не може ручити за несподівані пригоди, які лучаються по дорозі,– все те відскакувало від переконання Бурунди, мов горох від стіни.

– Добре, боярине,– сказав він вкінці,– я зроблю по-твойому, але завтра все-таки мусиш створити нам дорогу з сеї западні, а ні, то горе тобі! Се моє останнє слово. Жду діл, а не слів від тебе!

І він з погордою відвернувся від боярина і пішов до своїх монголів, могутнім голосом розказуючи їм зараз зі всіх кінців підпалити село і очистити рівнину з усього, що могло би служити ворогові покривкою для нічного нападу. Радісно закричали монголи – вони давно вижидали такого наказу. Разом зі всіх боків запалала Тухля, прориваючи огненними язиками грубу пітьму, що залягла над нею. Дим бовдурами покотився низом і вкрив долину. Стріхи тріщали, злизувані кровавим полум'ям. Із стріх бухав огонь угору, немов то присідав, то підскакував, хотячи досягнути до неба. Часом знов від пориву вітру полум'я стелилося плазом, золотилося іскрами, меркотіло, хвилювало, мов огняне озеро. Хрускіт упадаючих кроквів і стін котився глухо по долині; стіжки збіжжя й сіна виглядали мов купи розжареного вугля, а з їх середини де-де пролизувалися біляві огневі пасма; дерева горіли, мов свічки, високо в повітря викидуючи огнисте, горюче листя, мов рої золотих мотилів. Ціла тухольська долина виглядала тепер мов пекло, залите огнем; з диким вереском гуляли й бігали серед пожежі монголи, вкидаючи в огонь усе, що тільки попадалось їм під руки. З жалібним стогнанням гепнула додолу підтята монгольськими сокирами прастара липа, свідок громадських копних зборів. Повітря в тухольській кітловині розігрілося, мов справді в кітлі, і живо схопився з гір страшний вітер, що курбелив іскрами, рвав горючу солому і головні та кидав ними, мов огняними стрілами. Потік тухольський перший раз відроду побачив такий блиск; перший раз розігрівся в своїм холоднім кам'янім ложі. Може, зо дві години тривала пожежа, якій з високих берегів німо, з виразом безсильних жалощів придивлялися тухольці. Тоді монголи почали гасити недогарки, вкидаючи їх у потік, і заходилися обкопувати свій табір широким ровом. Посеред табору в одній хвилі виставлено шатри для старшин,– решта війська мала ночувати під голим небом, на розігрітій пожежею землі.

І знову стемнілося в тухольській кітловині. Монголи радо були б порозкладали огні в таборі, але сього годі було зробити: аж тепер вони нагадали собі, що пожежею опустошили цілу рівнину, і все, що тільки могло згоріти, згоріло або поплило долі потоком. Прийшлось спати війську і стояти варті напотемки,– рови навіть не викопано так глибокі, як треба, бо вже зовсім було стемнілося. Гнівний, невдоволений, мов чорна хмара, ходив Бурунда по таборі, оглядаючи окопи й варти, поставлені коло них, перекликаючись з начальниками і видаючи накази, як пильнуватися нічного нападу. Вже північ була близька, коли в таборі потроха втихло: тільки крики вартових і рев водопаду переривали загальну тишу.

Тільки в однім місці монгольського табору блищалося світло: се горів-палахкотів смоляний світич у шатрі Тугара Вовка. Білявий огник мигкотів, і шкварчав, і димив, пожираючи розтоплену смолу і кидаючи непевне, понуре світло на нутро боярського намета. Пусто і непривітно було в наметі, так само, як тепер у душі Тугара Вовка. Він ходив по наметі, занятий важкими думами. Згірдні слова Бурунди пекли його горду душу. Вони були мов удар в лице,– разом блисло в очах у боярина і разом побачив він, на яку ховзьку дорогу попався.

– Пета обіцяв мені ласку Чінгісхана,– воркотів він,– а сей поганець трактує мене, як пса. Невже ж таки я слуга їх, найнижчий із слуг сього невольника? Пета обіцяв мені всі гори в дідицтво, велике карпатське князівство, а Бурунда грозить мені не знати чим. І він міг би додержати слова, проклятий! Що ж, чи підлягати йому? Авжеж! я в його руках! я невольник, як сказав той поганець Максим! Та от нагадав я про Максима,– де він? Чи не можна з ним зробити те, чого хоче Бурунда? Чи не можна б, от наприклад, його самого проміняти за вільний вихід із сеї западні? Се думка добра!

І він покликав двох монголів, що лежали недалеко його шатра, і велів їм знайти і припровадити до себе невольника Максима. Нерадо, воркотячи щось, пішли монголи,– здавалось, що повітря тухольської долини не сприяло якось острій монгольській дисципліні...

Але де ж був Максим? Як жилось йому в неволі?

Максим сидів насеред тухольської вулиці, закований у тяжкі ланцюги, якраз проти своєї батьківської хати, лицем обернений до того подвір'я, на котрім він гуляв хлопчиною і ходив ще вчора вільний, занятий щоденною працею, а по котрім нині снувалися купи гидких монголів. Його привезли сюди на коні, а коли прийшов наказ тут зупинитися і спалити село, його скинули з коня на вулицю. Ніхто до нього не турався, не пильнував його, але про втечу не було й мови, бо купи монголів раз у раз снувалися довкола, кричачи, руйнуючи, шукаючи за добичею. Максим не знав, що діється довкола нього, і сидів непорушне на дорозі, мов кам'яний милевий знак. У голові його було пусто, думки не клеїлися докупи, навіть враження не хотіли в'язатися в один суцільний образ, тільки миготіли та перхали поперед його очима, мов сполошені чорні птахи. Він одно тільки чув виразно, що ланцюги тиснуть його, мов залізні, холодні гадюки, і що вони висисають усю силу з його тіла, всі думки з його мізку.

Нараз зажеврілось довкола, дим бовдурами повалив по дорозі і вкрив Максима, жручи його очі, запираючи дух у грудях. Се горіла Тухля. Максим сидів серед пожарища і не поворухнувся. Вітер закрутив димом, сипав на нього іскрами, бухав гарячим повітрям,– Максим немов не чув усього того. Він рад би був разом згинути, полетіти в повітрі отакою золотою іскрою і згаснути там, у яснім, холоднім блакиті, близько золотих зірок. Але пута, пута! Як вони тепер страшно тисли його!.. Ось і його батьківська хата занялася, полум'я бухнуло попід дах, обвилось огняною гадюкою поперед вікна, зазирнуло дверима до хати і вигнало відтам величезний бовдур диму, щоб відтак самому поселитися в Беркутовім житлі. Мов мертвий, глядів Максим на пожежу: йому здавалось, що в його грудях щось обриваєть-ся, щось палахкоче й ниє; а коли грянуло пожарище, повалилася покрівля, розсілися угла його рідної хати і бухнуло з розжеврілої огняної маси ціле море іскор під небо,– Максим скрикнув болізно і зірвався на рівні ноги, щоб бігти кудись, рятувати щось,– але, поступившись усього один крок, безсильний, мов підкошений, упав на землю й зомлів.

Уже погасла пожежа, повіяло гарячим, гірким димом по долині, вже затих бойовий крик монголів, що під проводом Бурунди і Тугара Вовка різалися з тухольцями при вивозі, вже прояснилось і визвіздилось нічне небо над Тухольщиною і спокійно зробилося в монгольськім таборі, а Максим усе ще лежав, мов мертвий, насеред дороги, проти згарищ своєї рідної хати. Зорі жалібно гляділи на його бліде, кровавими пасмугами вкрите лице; груди його ледво-ледво піднімалися – єдиний знак, що се лежав живий чоловік, а не труп. В такім положенню знайшли його монголи і зразу дуже злякалися, думаючи, що вже неживий, що задушився в пожежі. Аж коли бризнули на нього водою, обмили його лице і дали йому напитися, він глипнув очима і позирнув довкола себе.

– Живий! живий! – завили радісно монголи і нетямного, ослабленого підхопили попід руки і помчали до шатра боярина.

Аж злякався Тугар Вовк, побачивши ненависного собі парубка в такім страшнім і оплаканім стані. Свіжо промите лице було бліде-бліде, аж зелене, губи потріскались із жари й спраги, очі були червоні від диму і тусклі, мов скляні, від утоми й душевної муки, ноги дрожали під ним, мов під столітнім дідом, а постоявши на них хвилину, він не міг довше вдержатися і сів на землю. Монголи віддалилися; боярин довго, німо, в задумі глядів на Максима. За що він ненавидів того чоловіка? За що накликав на його молоду голову таке страшне горе? Чому не велів відразу вбити його, але видав його на повільну, а все ж таки несхибну смерть – бо се ж прецінь певна річ, що монголи не випустять його з своїх рук живого, але скоро їм навкучиться тягати його з собою, заріжуть, як худобину, і покинуть серед шляху. І за що він так зненавидів сього бідного хлопця? Чи за те, що він урятував життя його доньці? Чи, може, за те, що вона полюбила його? Чи за його правдиво рицарську сміливість і одвертість? Чи, може, за те, що він хотів зрівнятися з ним? Отже ж тепер зрівнялися: оба вони невольники і – оба нещасливі. Тугар Вовк чув, що гнів його до Максима якось пригасає, мов пожежа, якій не стало вже дров. Він і вперед уже, зараз по взятті Максима до неволі, старався піддобритись до нього, не із співчуття, а з хитрості, але Максим не хотів ані слова говорити до нього. Правда, боярин давав йому такі ради, котрих Максим не міг послухати. Він радив йому перейти на службу до монголів, вести їх через гори, і обіцював за те велику надгороду, а в противнім разі грозив, що монголи заб'ють його. "Нехай б'ють!" – се було єдине слово, яке чув боярин із Максимових уст. Тільки ж диво, що й тоді вже те горде слово, що свідчило про твердість Максимової вдачі і його велику любов до свободи, не тільки не розгнівало боярина, але дуже сподобалось йому. Тепер же він чув виразно, що щось мов крига тає в його серці; тепер, на згарищах вільної Тухлі, він зачинав розуміти, що тухольці поступали зовсім розумно і право, а серце його, хоч засліплене жадобою власті, все-таки не було ще настільки глухе на голос сумління, щоб не признати сього. Все те передумав боярин сьогодні і вже зовсім іншими очима і з іншим серцем глядів на сидячого в наметі, напівмертвого, нужденного Максима. Він приступив до нього, взяв його за руку і хотів підвести та посадити його на стільці.

– Максиме? – сказав він лагідно.– Що се сталося з тобою?

– Пусти мене! – простогнав слабим голосом Максим.– Дай мені вмерти в спокою!

– Максиме, хлопче, відки тобі думки про смерть? Я міркую, як би то його зробити вільним, а він про смерть! Устань, сядь ось тут на лавиці, покріпись, я маю з тобою поговорити де про що.

Хоча Максим наполовину не розумів, а наполовину не вірив словам і доброті боярина, то все ж таки ослаблення його, голод і втома надто голосно домагалися для його тіла покріплення, щоб він міг відкинути боярську гостинність. Кубок огнистого вина відразу освіжив його, немов розбудив його живу силу до нового життя; кусень печеного м'яса втишив його голод. Поки він їв, боярин сидів проти нього, додаючи йому ласкавими словами відваги й охоти до життя.

– Дурний хлопче,– говорив він,– таким, як ти, треба жити, а не про смерть думати. Життя – дорога річ, і за ніякі скарби його не купиш.

– Життя в неволі нічого не варте,– відказав Максим,– краща смерть!

– Ну... так... розуміється,– мовив боярин,– але ж я кажу тобі, що можеш бути вільний.

– Зраджуючи свій нарід, ведучи монголів через гори... Ні, краще вмерти, ніж так заробляти на вільність!

– Не про те тепер річ,– сказав з усміхом боярин,– а про те, що й без тої, як ти кажеш, зради ти можеш бути вільний,– ще сьогодні.

– Як? – спитав Максим.

– Я знав, що ти зацікавишся,– знов усміхнувся боярин.– Отже ж, небоже, діло таке. Твої тухольці обскочили нас у тій долині, завалили вихід. Розуміється, їх опір тільки сміху варт, бо прецінь же вони не спинять нас. Але нам шкода часу. О те тільки ходить.

Очі Максимові розгорілися радістю на сю вість.

– Обскочили вас тухольці, кажеш? – кликнув він радісно.– І вийти відси не можете? Ну, то богу дякувати! Надіюсь, що й не вийдете вже! Тухольці ціпкий народ: кого раз у руки зловлять, то вже не люблять пустити.

– Те-те-те! – перервав його боярин.– Не радуйся завчасно, хлопче. Не така наша сила, щоб могла горстка твоїх тухольців зловити її в руки! Кажу тобі, не о те ходить, щоб тут не зловили нас, а о час, о кожду хвилю часу! Нам квапно діється.

– І що ж я можу вам у тім порадити?

– А от що. Я думаю нині ще йти до твоїх тухольців для переговорів: хочу обіцяти їм тебе взамін за вільний прохід. Так, отже, надіюсь, що ти скажеш мені те слово, як трафити до серця твоїх громадян і твого батька, щоб пристали на наше предложення.

– Дарма твоя робота, боярине! Тухольці не пристануть на таку заміну.

– Не пристануть? – скрикнув боярин.– Чому ж не пристануть?

– Тухольці будуть битися до остатнього, щоб не пустити вас через гори. Чи, може, мали б за таку нужденну заміну, як я, допуститися зради на своїх верховинських і загірних братах, котрих села мусили б тоді бути зруйновані отак, як наша Тухля?

– І вони будуть зруйновані, дурний хлопче! – сказав боярин.– Адже ж замала сила твоїх тухольців, щоб спинити нас.

– Не хвали, боярине, дня перед вечером! Нащо тут великої сили, де сама природа своїми стінами і скалами спиняє вас?

– А все-таки ти скажи мені, як говорити до твого батька і до тухольців, щоб трафити до їх серця.

– Говори щиро, по правді,– се єдине чародійське слово.

– Ой, не так воно, хлопче, не так! – сказав невдоволений боярин.– Неспроста то йде у вас. Твій батько старий чарівник, він знає таке слово, що кождому до серця трафляє,– він тебе мусив його навчити. Адже ж без такого слова ти не міг наклонити на свій бік моїх лучників, котрі так скажено за ніщо билися з монголами, як би, певно, не билися ва найліпшу плату.

Максим усміхнувся.

– Дивний ти чоловік, боярине! – сказав він.– Я ніякого такого слова не знаю, але скажу тобі виразно, що хоч би й знав, то не сказав би тобі, щоб ти не міг намовити тухольців на таку заміну.

Гнівом спалахнув гордий боярин.

– Хлопче! уважай, хто ти і де ти! – скрикнув він.– Уважай, що ти невольник, що життя твоє залежить від волі якого-небудь монгола.

– Що моє життя!..– сказав спокійно Максим.– Я не стою о життя! Хто хоч хвилю зазнав неволі, той зазнав гіршого, ніж смерть.

В тій хвилі відхилилася запона намета, і швидким кроком ввійшла до намета Мирослава. Вона бистро зиркнула довкола і, не звертаючи уваги на батька, кинулася до Максима.

– Ах, ось він, ось він! – скрикнула вона.– Мене мов тягло щось сюди! Соколе мій, Максиме! Що з тобою діється?

Максим сидів, мов остовпілий, не зводячи очей із Мирослави. Його руку держала вона в своїй, її слова були мов великодній дзвін для нього, мов оживляюча роса для зів'ялої квітки. А вона, мов ясочка, припадала край нього, слізьми обливала його тяжкі пута, змивала з рук його засохлу кров. Як радісно, як тепло зробилося в серці у Максима при її наближенню, за дотиком її м'якої руки! Як гаряче забилася кров у його грудях! Як сильно розбудилася любов до життя! А тут ланцюги тиснуть немилосердно, нагадують йому, що він невольник, що над його головою висить кровавий ніж монгольський! І та згадка в тій щасливій хвилі гадюкою вповзла в його серце, і з очей його бризнули сльози.

– Мирославе,– сказав він відвертаючись,– чого ти прийшла сюди, щоб дужчої муки завдати мені? Я вже готов був на смерть,– ти знов збудила в мені любов до життя!

– Милий мій! – сказала Мирослава.– Не трать надії. Я задля того йшла сюди, в ворожий табір, через усякі небезпеки, щоб сказати тобі: не трать надії!

– Нащо мені надії? Надія не розіб'є тих ланцюгів.

– Але мій батько розіб'є.

– О, твій батько! Так, він говорить, що готов се зробити, але жадає від мене такої услуги, якої я йому не можу зробити.

– Якої услуги?

– Він хоче йти до тухольців і робити з ними таку угоду, щоб в заміну за мене випустили монголів із сеї долини, і жадає від мене того чарівного слова, котре би прихилило до нього серця тухольців.

Мирослава з подивом поглянула перший раз на свого батька, а подив сей чим далі, тим більше перемінявся на радість.

– Тату,– сказала вона,– правда се?

– Правда! – сказав Тугар Вовк.

– І ти думаєш, що Максим знає таке слово?

– Мусить знати. Адже й тебе він за першим разом як прикував до себе. Без чарів се не могло статися.

Мирослава з усміхом, повним безмежної любові, поглянула на Максима, а потім, обертаючись до свого батька, сказала:

– Ти вже маєш дозвіл начальника на переговори?

– Ні ще,– але се стояти буде хвилю. Його намет поуз мойого.

– То йди ж. Я тим часом наклоню Максима, щоб сказав тобі се слово.

– Ти наклониш?

– Побачиш! Іди лишень!

– Причарована дівчина,– воркотів сам собі боярин, виходячи з намета.– Причарована, не інакше! Сама йому на шию кидається!

– Серце моє, Максиме! – сказала по його виході Мирослава, обвивши руками шию Максимову і цілуючи його бліді, спечені уста.– Не журися! Монголи від си не вийдуть – тут їм усім погибати!

– Ох, Мирославе, зоре моя! – сумовито сказав Максим.– Рад би я сьому вірити, але надто велика їх сила, заслабі наші тухольці.

– Нам прийшли в поміч загіряни і верховинці.

– Зброї доброї не мають.

– І про се не бійся. Слухай лишень: сотні сокир цюкають у лісі – хвиля ще, а сотні огнищ запалають довкола долини, а при кождім огнищу робити будуть ваші майстри машини, котрими можна буде кидати каміння аж до середини монгольського табору.

– І хто ж се таке вигадав? хто навчив наших майстрів?

– Я, серце моє. Я придивлялася не раз таким машинам, що стоять на мурах Галича. Заким іще сонічко вийде з-за Зелеменя, п'ятдесят таких машин буде кидати каміння на голови монголів.

Максим радісно обняв Мирославу і кріпко притиснув її до серця.

– Життя моє! – сказав він.– Ти будеш спасителькою нашої Тухольщини!

– Ні, Максиме! – сказала Мирослава.– Я не буду спасителькою Тухольщини, але твій батько. Що мої мізерні машини проти такої ворожої сили? Твій батько не таку силу виведе проти них, а таку, проти котрої ніяке військо не встоїть.

– Яку силу? – спитав Максим.

– Слухай! – сказала Мирослава. Тихо стало довкола, тільки десь далеко-далеко в горах покотився глухий гуркіт грому.

– Гримить,– сказав Максим,– ну, і що ж з того?

– Що з того? – живо сказала Мирослава,– се смерть монголів! Се більший нищитель, ніж вони, і такий нищитель, що буде з нами держати руку... Слухай лишень!

І вона озирнулася по наметі, хоч там було зовсім пусто, а потім, мов не довіряючи тій тиші й пустоті, нахилилася до Максимового лиця і шепнула йому в вухо кілька слів. Мов могучою рукою шарпнений, зірвався Максим, аж забряжчали на нім ланцюги.

– Дівчино! чародійська пойво! – скрикнув він, вдивляючись у неї напів з тривогою, а напів з глибоким поважанням.– Хто ти, і хто прислав тебе сюди з такими вістями? Бо тепер я бачу, що ти не можеш бути Мирослава, дочка Тугара Вовка. Ні, ти, певно, дух того Сторожа, котрого звуть опікуном Тухлі.

– Ні, Максиме, ні, милий мій,– сказала дивна дівчина.– Се я сама, та сама Мирослава, що тебе так дуже любить, що радо віддала б життя своє, щоб зробити тебе щасливим!

– Немовби я міг бути щасливим без тебе!..

– Ні, Максиме, слухай ще одного, що я тобі скажу: утікай із сього табору, зараз!

– Як утікати? Адже варта не спить.

– Варта перепустить тебе. Бачиш прецінь, що мене перепустила! Тільки ось що зроби: переберись у мою одіж і візьми сей золотий перстінь: його дав мені їх начальник на знак свободи і безпечного проходу. Покажеш його сторожам, і вони пропустять тебе.

– А ти?

– За мене не бійся. Я тут з батьком лишуся.

– Але ж монголи дізнаються, що ти випустила мене, а тоді не пощадять тебе. О, ні, не хочу сього.

– Але ж не бійся за мене, я зумію собі дати раду.

– Я також! – сказав уперто Максим.

В тій хвилі ввійшов боярин, понурий і червоний. Хмара гніву й невдоволення висіла на його чолі. Бурунда показався ще неласкавішим до нього, стрітив його раду про виміну Максима докорами і ледве-ледве згодився на неї. Боярин чимраз виразніше зачинав почувати якусь тісноту, немов ось-ось довкола нього стояли і чимраз тісніше зступалися штаби залізної клітки.

– А що? – сказав він різко, не дивлячись ні на доньку, ні на Максима.

Щаслива думка блиснула в голові у Мирослави.

– Все добре, тату,– сказала вона,– тільки...

– Тільки що?

– Максимове слово таке, що воно не має сили в устах іншого; тільки як він сам може сказати його, воно має силу.

– Ну, то чорт його бери! – відворкнув гнівно боярин.

– Ні, тату, постій, що я тобі скажу. Вели розкувати його з ланцюгів і йди з ним до тухольців. Ось перстінь від Пети: з тим перстенем варта пропустить його.

– О, дякую тобі, донечко, за добру раду! "Заведи його до тухольців", а то значить – сам собі вирви з рук останню поруку вдачі. Тухольці полоняника візьмуть, а мене проженуть! Ні, сього не буде. Я йду сам і без його слова.

ІВАН ФРАНКО

Засумувалася Мирослава, її ясні очі покрилися сльозами.

– Соколе мій! – сказала вона, знов припадаючи до Максима.– Зроби так, як я тобі раджу: візьми сей перстінь!

– Ні, Мирославе, не бійся за мене! – сказав Максим.– Я вже придумав, що маю робити. Іди й помагай нашим, і нехай наш Сторож помагає вам.

Важке було прощання Мирослави з Максимом. Адже вона лишала його майже на певну загибіль, хоч і як силкувалася не показувати сього по собі. Украдком поцілувавши його і гаряче стиснувши його руку, вона вибігла з намета за своїм батьком. А Максим лишився сам у боярськім наметі, з серцем, що тріпалося від якоїсь неясної мішанини радості, і тривоги, і надії.

VII

– Що се за стук такий у лісі? – спитав боярин у своєї доньки, йдучи поруч із нею через монгольський табір.

– Дрова рубають,– відповіла коротко Мирослава.

– Та тепер? уночі?

– Зараз буде день.

I справді, ледве сказала се Мирослава, коли втім на високих кам'яних обривах, що стіною окружали тухольську кітловину, тут і там замиготіли іскри: се тухольці кресали огонь і розкладали огнища. Невелика хвиля минула, а вже довкола цілої долини запалали огнища довгим рядом, немов заблискотіли серед пітьми очі величезних вовків, що готовилися скочити в долину і пожерти монгольську силу. Коло кождого огнища купами снували якісь темні постаті. Цюкання сокир залунало з подвійною силою.

– Що вони роблять? – спитав боярин доньки.

– Дерево обтісують.

– Нащо?

– Прийдеш, то й побачиш.

Вони йшли далі через табір. Де-не-де варта зупиняла їх – приходилось показувати начальницькі знаки, щоб пропустила. Вартові дивилися з тривогою на огнища, будили своїх начальників, але ті, видячи, що тухольці держаться спокійно, веліли їм не робити крику, а тільки матися на осторозі. Що позапалювали так много огнів, се ще й ліпше для монголів – не зроблять скритого нападу. Можна спати спокійно, доки ті огні горять, бо й так завтра чекає військо велика праця.

А Тугар Вовк з дочкою вже й минули табір і, перейшовши не дуже широкий кусень поля, дійшли до стрімкої кам'яної стіни. Довго ходили вони, шукаючи стежки під гору, поки вкінці між корчами та папоротями не відшукала її Мирослава. З трудом почали обоє дертися вгору.

– Хто йде? – крикнули вгорі голоси від огнища.

– Свої! – сказала Мирослава.

– Що за свої? – скрикнули тухольці, заступивши стежку. Живо пізнали Мирославу, що йшла передом.

– А за тобою хто.

– Мій батько. Бегадир монгольський вислав його для мирних переговорів з нашими старцями.

– До якого біса нам переговорів? Коби борзо сонічко на небо, не так ми з ними переговоримося.

– От які ви смілі! – сказав усміхаючись Тугар Вовк.– Ну, ну, до такої радости не довго ждати. Та тільки не знати, чи вашим матерям се буде така радість – видіти ваші голови на монгольських списах!

– Цур твойому слову, вороне! – скрикнули тухольці, обступаючи боярина.

– Ну, ну,– задобрював їх Тугар Вовк,– я ж не бажаю вам того, а тільки кажу, що се не було би добре. І власне, щоб вас охоронити від такої долі, я й хотів би переговорити з вашими старими. Бо жаль мені вас, молоді, нерозважні діти! Ви готові йти сліпо на смерть, не питаючи, чи буде з того кому який хосен, чи ні. Але старі повинні розважити.

Так гуторячи, боярин наблизився до огнища, при котрім майстри обтісували дерево, інші в обтесаних уже стовпках довбали діри, інші бортили борти та притісували чопи.

– Що се ви робите? – спитав боярин майстрів.

– Згадай, коли мудрий! – відповіли ті з насмішкою, збиваючи пообтісуване дерево докупи в виді воріт із сильними поперечниками і зв'язуючи пару таких воріт горою й сподом подовжніми платвами з грубого дилиння. Боярин зирнув і аж руками об поли вдарився.

– Метавка,– скрикнув він.– Хлопи, а вас хто навчив робити таку посуду?

– Були такі, що нас навчили,– відказали майстри і принялися з сильного букового пня витісувати щось на подобу величезної ложки, котра держаком мала бути встромлена в грубу, сильно скручену линву, нап'яту між стовпками передніх воротець і скручувану чимраз сильніше при помочі двох корб, прироблених до стовпків. А в широку жолобину на другім кінці мало вкладатися каміння; пружність скрученої ужви мала кидати те каміння з ложки далеко на монголів.

Тугар Вовк озирнувся кругом: коло кождого огнища майстри – а в Тухольщині кождий селянин був майстер – ладили таку саму посудину, а молодці, жінки й діти крутили ужви.

"Ну, горячо прийдеться нашим монголам під такими посудинами здобувати собі вихід із сеї ями!" – подумав Тугар Вовк, ідучи з донькою дальше в ліс убитою доріжкою, до поляни, серед якої горіло велике огнище, а довкола нього сиділа згромаджена рада тухольських старців.

– Мирославе,– сказав по хвилевій мовчанці Тугар Вовк,– чи се ти навчила їх робити метавки?

– Я,– відповіла Мирослава і пильно поглянула на батька, надіючись вибуху його гніву. Але ні! По лиці боярина перемигнув вираз якогось задоволення.

– Добре, доню! – сказав він коротко.

Мирослава здивувалась, не знаючи, що значить ота зміна в успособленню її батька, не знаючи, що його віра в щасливу вдачу монгольського походу, а тим більше в додержання монгольських обіцянок, дуже вже похиталася і що боярин у такім разі з конечності мусив чіпатися громади, і поступок доньки був йому в тім пожаданою опорою.

Наблизилися вже до поляни, на якій усю ніч сиділи безсонні, радою заняті старці тухольські. Була се простора поляна, похилена трохи на полудень, а від півночі замкнена стрімкою скалою м'якого карпатського лупаку. Величезні смереки окружали поляну впівокруг від сходу, полудня й заходу, так що сонце тільки на найвищім вершку полудневого стояння могло зазирнути до неї. Поляна була давно колись уся вимощена кам'яними плитами, котрі тепер поросли м'яким руном моху та корчами чепіргатої папороті. Тільки одна стежка через середину поляни була протоптана і вела до глибокої, в скалі викутої яскині в виді склепу, зовсім відкритого на полудне. Стіни склепу стояли сірі, без ніякої оздоби, сподом були в камені викуті лави й заглибини; тут камінь був червоний, перепалений, а на паленищах видні ще були сліди огню; тільки стеля мала на собі одну-однісіньку оздобу – викувану з каменя випуклясту півкулю, завбільшки з добрий хліб, обведену блискучим золотим обручем, мов короною.

Се була давня тухольська контина, де діди теперішнього покоління засилали свої молитви найвищому творцеві життя, Дажбогові-Сонцю, котрого образ означала на стелі викута золотовінчана півкуля. Хоча християнські монахи давненько вже охрестили тухольський нарід, то все-таки він довгі ще часи, молячись у корчинській церкві християнському богу, не покидав і своїх прадідівських богів, і дорога до "Ясної поляни" ніколи не заростала, вічний огонь серед поляни ніколи не вгасав – відти й назва її "Ясна поляна",– а й перед невеличкими боковими вівтарями Лади й Діда частенько курився пахучий яловець і тріпоталися різані їм у жертву голуби – дар тухольських дівчат і парубків. Але звільна нарід забував про давніх богів. Священики надзирали остріше за тим, аби люди не молились по-давньому; молодіж перестала приносити дари Ладі й Дідові; діти виростали, не чувши нічого про давніх богів і давні звичаї; тільки між старцями де-не-де хоронились іще останки давньої, вільної, чисто громадської релігії, котра дозволяла кождій громаді мати свого окремого бога (як Тухля мала свого Сторожа), котра не лякала людей карами й муками по смерті, але найбільшою карою вважала іменно саму смерть, смерть тіла й душі для людей неправедних. Нова релігія, зроджена далеко на Сході, запанувала на нашій землі, а радше змішалася з нашою давньою релігією, і тільки та сумішка дала їй можність сумирно зжитися з поглядами народу. Вимирали звільна старці, тямущі давньої віри, а хоч деякі й жили ще, то вже не сміли визнавати її одверто, не сміли навчати її молоде покоління, але жили собі самітно, ховаючи свою віру в серці, з тим сумним переконанням, що разом із ними й вона зійде до гробу.

Одним із остатніх явних прихильників старої віри на нашій Русі був Захар Беркут. І диво дивне!

прихильність оту він виніс із Скитського монастиря, від старого монаха Акинтія. Чи старий дивовижний лікар случайно тільки розповідав свойому учениковові про давню віру, так близьку до природи й її сил, чи, може, й його серце більше потягало до тої віри в противенстві до строгого візантійського християнства,– досить, що з побуту при старім монасі Захар виніс велику прихильність до старої віри і поклявся бути їй до смерті вірним. У своїй Тухлі знав він про "Ясну поляну", на якій давно вже погас вічний огонь і не курився пахущий яловець і котру корчинські священики окричали місцем заклятим і нечистим. Та хоч як опущена була Ясна поляна, то все-таки досі ніхто не посмів діткнутися образу Сонця, т. є. золотої бляхи, котрою він був окований, і той золотий образ усе ще яснів серед стелі контини, дожидаючи проміння полудневого сонця, щоб у ньому розжеврітися тисячами іскор. По добрій волі прийняв на себе Захар Беркут догляд старої святині; стежка, що виднілася поперек поляни до печери, протоптана була його ногами; кождої весни, протягом більше вже як п'ятдесятьох літ, Захар, виходячи за ліками, пробував самітно, в молитвах і думах, на Ясній поляні тиждень і по кождім такім пробутку вертав до села скріплений духом, з яснішими і чистішими мислями. Не раз тоді тухольці з своєї долини бачили, як понад вершками смерек, що окружали Ясну поляну, вився синявими клубочками дим запахущого ялівцю, і говорили до себе: "Се старий старим богам молиться". І говорили се без насміху, без ненависті, бо Захар, хоч і не навчав нікого старої віри, та зате тим пильніше навчав усіх шанувати чуже переконання і чужу віру.

Отут-то, на Ясну поляну, зійшлись сеї страшної ночі тухольські старці. Великий огонь палав серед поляни; таємничо шуміли стародавні смереки, немов нагадуючи давні часи; у відблиску огнища яснів золотий образ сонця в яскині кровавим блиском; у задумі сиділи старці, слухаючи цюкання сокир по лісі та оповідань старого Захара про давню давнину. Дивний якийсь дух уступив нині в старого. Він, що ніколи не любив говорити про стару віру, нині розговорився, і то з таким сердечним жалем, з яким говорив хіба про найближчі й найдорожчі серцю діла. Він оповідав про діла Дажбога, про побіди Світовида, про те, як три святі голуби, Дажбог, Світовид і Перун, сотворили землю з піскового зерна, як Дажбог три дні шукав на дні безодні, поки знайшов три зеренця: одно зерно пшениці, друге жита, а третє ячменю, і дарував їх першому чоловікові Дідові та його жінці Ладі; як Перун дарував їм іскру огню, а Світовид волосинку, з котрої за його благословенством зробилася корова й пастух, що його назвали Волосом. І далі розповідав Захар про життя перших людей, про великий потоп, від якого люди ховалися в горах і печерах, про старих велетнів і їх царя, тухольського Сторожа, що розгатив тухольське озеро. Слухали тухольські старці тих оповідань, мов вістей про якийсь новий, незнаний світ; багато такого, що вони говорили і співали в піснях не розуміючи, тепер ставало ясно і в суцільнім зв'язку перед їх очима, Захар Беркут сам видався їм останнім із тих добрих велетнів-сторожів тухольських, про яких добрі діла так само оповідати собі будуть пізні покоління.

Аж ось захрустіло сухе гілля на стежці і разом виринули з лісової пітьми Мирослава й Тугар Вовк. Мирослава просто наблизилася до старого Захара, а боярин зупинився близ огнища.

– Батьку,– сказала Мирослава до Захара,– я бачила твого сина!

– Мого сина? – сказав Захар спокійно, мов про померлого.

– Так! При помочі отсього перстеня я пройшла монгольський табір і бачила його. Маймо надію, батько, що він швидко буде знов на волі.

– Трудно, доню, трудно! Але хто се прийшов іще з тобою?

– Се я, старче,– сказав, виступаючи перед нього, Тугар Вовк,– чи пізнаєш мене?

– Лице твоє пізнаю,– ти був боярин Тугар Вовк. Що привело тебе до нас?

– Я прийшов до вас, старці тухольські, в посольстві від великого Бурунди-бегадира, начальника монгольської сили.

– Чого ж хоче від нас Бурунда-бегадир? – спитав Захар.

– Бурунда-бегадир велить сказати вам, що сила його велика і непоборна, що дармо ви робите засіки в ваших вивозах, дармо будуєте машини до кидання каміння,– нічим ви не врадите проти його сили.

– Видно, що твій Бурунда починає нас боятися, коли задумав нас лякати. Се добрий знак. Говори дальше.

– Ні, старче, не слід тобі легковажити слів начальника монгольського. Його погроза – то половина кари, а його кара страшна, як кара божа! Слухай же, що велить далі сказати вам Бурунда-бегадир моїми устами. Ціль його походу – край угорський, дідицтво Арпада, що був підданим великого Чінгісхана, а тепер не хоче признати його зверхності. Щоб укарати непокірного, вислав великий Чінгісхан свою силу на захід сонця. Чи ж ваша річ спиняти ту силу в її поході? Бурунда-бегадир, начальник одної часті тої сили, бажає по добру розстатися з вами. В його руках ваш полоняник, а твій син, старче. От що каже він звістити вам: розваліть свої засіки і пустіть монгольську силу з вашої долини, а в заміну за те він готов віддати вам вашого полоняника живого і здорового. Розважте добре, як корисна для вас ласка Бурунди! Опір ваш даремний,– чи сяк, чи так, а монголи розвалять ваші засіки і підуть своєю дорогою. Але вони не хотять тратити часу в вашій долині, не хотять проливати вашої крови і готові віддати вам полоняника за пропуск. У противнім разі, розуміється, його жде несхибна смерть, і то серед страшних мук, а вас жде кровава різанина, в якій, помимо всяких способів, ви мусите бути побиті. Вибирайте ж, що ліпше для вас!

З увагою слухали тухольські старці тих слів Тугара Вовка, і на деяких вони справді зробили враженнє. Побачив се Захар і сказав:

– Чесні браття, чи хочете порадитись по щирості над предложенням Бурунди, чи, може, однозгідно подасте про нього свій голос?

– Порадимось, порадимось!– сказали старці. Тоді Захар попросив Тугара Вовка віддалитися на хвилю. Боярин гордо віддалився в супроводі своєї доньки.

– Захаре,– сказав один із громадян,– тут діло йде про життя або смерть твого сина. Чи не ліпше б нам відступити від непевного бою і вирятувати хлопця?

– Тут діло не йде про мойого сина,– сказав Захар твердо.– Коли б про нього справді йшло діло, то я сказав би вам: "Я не маю сина, мій син погиб у бою". Але тут діло йде про наших сусідів, верховинців і загірян, котрі спустилися на нашу оборону і тепер мусили б усі, неприготовані, погинути від монголів. Для того я говорю вам: не дбайте про мого сина, а рішайте так, як би він був уже в гробі!

– Але все-таки, Захаре, боротьба з такою силою монголів непевна.

– Ну, то погинемо всі до остатнього в бою, а тоді по наших трупах нехай собі монголи йдуть, куди хочуть. Тоді бодай ми сповнимо свій обов'язок. А тепер робити з ними згоду, а ще таку згоду: міняти одного хлопця за руїну наших сусідів, се була б ганьба, була б зрада. Але се ще хто знає, чи боротьба з монголами така непевна. Становище наше сильне, монголи заперті в кам'яній клітці. З малими стратами ми можемо відбивати й най-завзятіші їх напади. Але що,– і сього не треба буде. Сеї ночі ще ми пустимо на них свого союзника, що проти нього ніяка людська сила не встоїться, будь вона й десять раз сильніша від монгольської.

– Так ти радиш нам відкинути предложення Бурунди?

– Зовсім конечно.

– І видати твого сина на певну загибіль?

– Не згадуйте про мого сина! – скрикнув болізно Захар.– Хто мені при такім ділі нагадає про нього, той стає в союзі з батьківським серцем проти мого розуму. Розум каже: відкинути згоду! А що каже моє серце, се вже моя річ, і що кому до того!

– То нехай буде по-твойому! – сказали старці.– Коли бог судив йому згинути, то ми проти того нічого не врадимо; коли ж ні, то й так він вирятується з пащі лютого ворога.

Прикликано боярина, і Захар устав, щоб оголосити йому відповідь громади. З смертельною тривогою в серці гляділа на нього Мирослава: вона, бідна, все ще надіялася, що тухольці схотять викупити її Максима.

– Розумно,– звісна річ: по-свойому розумно– захвалював ти нам, боярине, згоду зі своїм начальником. Ми й не дивуємось тобі: твій обов'язок був так говорити, у всім сповняти волю того, кому ти служиш. Послухай же тепер, що на те каже наш хлопський, громадський розум. Коли б діло йшло тільки між мною а твоїм бегадиром, то я радо віддав би йому все, що маю, навіть свою власну стару голову, за увільнення сина. Але ти радиш нам нерівну заміну, при якій скористати можу тільки я сам і мій рід, але стратити мусить не тільки одна громада, а всі ті громади, через які мусить іти ваш похід. Чи можна ж так мінятися? Яка користь верховинським і загірним громадам із мого сина? А випустивши вас із сеї долини, ми випустимо згубу на ті сусідні, з нами сполучені громади. Ми зобов'язалися боронити їх від вашого нападу, і на таке наше слово вони прислали нам свою поміч – п'ятсот добірних молодців. Обов'язок наш витривати на своїм становищі до остатньої хвилини,– і так ми зробимо. Може бути, що бог судив вам побіду над нами, і в такім разі ми не спинимо вас; тільки ж знайте, що лише по трупі остатнього тухольця ви зможете вийти з сеї долини. Та хто знає, може, побіда судилася нам, а тоді знайте й ви, що, ввійшовши в нашу долину, ви всі ввійшли в могилу, що навіть трупи ваші з неї ніколи вже не видобудуться. Або ми всі погинемо, або ви всі – іншого вибору нема. Се наша відповідь.

Лице Захара палало дивним огнем при тих грізних словах,– так що боярин, задивившись на того високого старця з простягнутою наперед рукою, не міг здобутися на ніяку відповідь. Він бачив, що тут даремна всяка дальша балаканка,– тож мовчки відвернувся і пішов назад у свій бік. Мертва мовчанка стояла в зборі,– тільки огонь тріщав та лунало невпинне цюкання сокир, що майстрували вбійчі прилади на монголів.

– Тату! – скрикнула нараз болющим голосом Мирослава,– тату, вернися! – І вона побігла за ним і вхопила його за руку: дитяча любов ще раз заговорила в її серці могучим, незаглушеним голосом.– Вернися, таточку! Лишися тут, між своїми людьми! Стань між ними до бою з наїзниками, як брат обік братів,– а вони простять тобі все минувше! А там – чого там можеш надіятися? Вони зрадять тебе, упоять обіцянками і заріжуть! Таточку, не йди більше між монголів,– там смерть тебе чекає!

Боярин, очевидно, завагувався, але лиш на хвилю. Потім притис Мирославу до груді і сказав стиха, напівстрого, а напівласкаво:

– Дурна дівчино, не пора ще мені! Ще не вся надія монголів пропала. Треба користати з того, що в руках. Але коли б там не повелося...

– Ні, таточку,– прошептала крізь сльози Мирослава,– покинь такі думки! Хто знає, може, тоді буде запізно!

– Не бійся, не буде запізно. Лишайся тут і братайся, про мене, з тухольцями,– а я мушу йти туди. Не забувай, дівчино, що там... той... твій Максим, і хто знає, може, ми один другому ще пригодимось. Бувай здорова!

Тугар Вовк щез у переліску, спішачи стежкою до огнища над обривом, щоб по його склоні зійти до монгольського табору. При огнищу він ще оглянув майже готову вже метавку, попробував ужву і, похитавши головою, сказав: "слаба", а потім, провоџжений тухольською вартою, спустився вузькою скісною стежкою в долину.

Тимчасом на Ясній поляні було тихо, важко, сумно, немов оце посеред збору лежав дорогий усім мертвець. Тільки Мирослава хлипала голосно, втираючи рясні сльози, що котились по її лиці. Нарешті вона зблизилася до Захара і сказала:

– Батьку, що ви зробили?

– Те, що мусив зробити. Інакше було б нечесно,– відповів Захар.

– Але ваш син, ваш син! що з ним буде?

– Що бог дасть, доню. Та годі, не плач! Пора нам думати про діла. От уже Віз по заходу клониться і готури голосять у гущаві,– ранок зближається. Ану, громадяни, ходімо братися до оборони, ні, до нападу, до остатньої боротьби з наїзниками! Тямте, яку я відповідь передав їм! Ходім, най ніхто не лишається! І старі й малі, кожде придасться. Покажімо тим дикунам, що може громада!

З гомоном повстали старі тухольці і повалили з Ясної поляни над обриви оглядати діло майстрів, машини-метавки. Машини майже всюди вже стояли готові, грубо збиті з сирого, грубого дерева, позверчувані і позбивані кілками, але ж і роблені не навмиць, а про хвилеву потребу. Та не до оглядання закликав громадян Захар. На хвилю тільки вони спинилися коло машин, а потім купками йшли чимраз далі понад кручею, долі долиною, аж до того місця, де тухольський потік тісниною випливав із долини і де край нього стояв величезний кам'яний стовп, чотирогранний, грубий і нахилений над потоком, званий тухольським Сторожем. Туди, за проводом Захара й Мирослави, спішила вся тухольська громада: молодці несли на плечах довгі, грубі ялиці й драбини, дівчата величезні вінці з листя і смерекового галуззя, старші несли довгі звитки шнурів і линвів. Огні в тій стороні погашено, щоб ворог перед часом не доглянув, що тут робиться. Звільна, обережно, без шуму, мов тиха вода, почала громада крутими стежками вниз по обривах спускатися в долину. Попереду сильний відряд узброєної молодежі, котрий лавою в три ряди став у долині, лицем звернений до монгольського табору, може, на яких тисячу кроків віддаленого відси. Далі пішли молодці з драбинами, шнурами й ялицями: драбини приставлено до обривів і по них легенько зсунено ялиці в долину. Дівчата передали свої вінці молодцям – їм не слід було сходити в долину, де кождої хвилі міг напасти ворог. Напослідку посходили до долу і старі з Захаром Беркутом і, оглянувши становище узброєних і всі прилади, поспішили до тіснини, крізь яку з шумом котив до долу свої чисті хвилі тухольський потік.

Захар зупинився перед Сторожем і пильно почав дивитися на нього.

Тихо було довкола. Захар молився:

– Великий наш Сторожу! Ти, котрого діди наші вважали своїм опікуном, котрого і ми шанували досі щорічними празниками! Три рази вже ти, ніч по ночі, являвся мені в снах, немов то ти падеш і привалюєш собою мене. Я вірю, що ти добрий і ласкавий, і коли ти кличеш мене до себе, то я радуюсь твойому зазиву і радо піду за тобою. Але коли й ти сам хочеш двигнутися зі свойого відвічного стояння, то розбий, господине, своїм тягарем отсього поганого ворога, дітей Морани, що знов нині вкрили благословенне твоє дідицтво, тухольську долину! Зломи другий раз погану силу так, як зломив її перший раз, коли могутньою рукою розбив сесю кам'яну стіну і дав водам проток у, і дарував людям отсю прекрасну долину! Загати її тепер назад, нехай згине горда ворожа сила, що тепер знущається над нами!

В тій хвилі огниста блискавка з полудня до півночі роздерла темне небо, і далеко в горах загуркотів грім.

– Так, се твій могутній голос! – сказав радісно Захар.– Ану, діти! Останній раз увінчайте сей святий камінь!

Чотири молодці по драбині вилізли на камінь і обвили його вершок зеленими вінцями. Знов загриміло в полудневій стороні.

– Воля його, діти! – сказав Захар.– Обвивайте його шнурами! А ви, інші, живо до рискалів! Підкопуйте його здолу, підкладайте підойми! Живо, діти, живо!

Тихо, без стуку працювали десятки рук коло Сторожа. Згори його обкручувано линвами і шнурами, здолу підкопувано його насаду, і в шпару, що показалася недалеко під землею, вкладано скосом ялиці, що мали служити за підойми для обалення каменя поперек тіснини. Швидко справні молодці зробили всі потрібні приготування, повіднімали драбини, попідкладали грубе каміння під підойми.

– Беріться за линви, всі, хто може досягнути! За підойми, хлопці! – розказував Захар, і відразу сотні рук приймилися за діло.

– Далі, дружною силою! – крикнув Захар.– Тягніть, тисніть!

Ухнув народ з натуги, затріщали грубі підойми, але камінь і не похитнувся.

– Ще раз! дужче натискайте!–кричав Захар і сам принявся за линву. Захитався величезний камінь.

– Рушається! рушається! подається! – закричав радісно народ.

– Ще раз напирайте, з усієї сили!

Ще раз ухнув народ – і разом звільніло напруження шнурів, величезний камінь рушився зі своєї посади і, хвилю захитавшися в повітрі, з страшенним глухим ломотом повалився додолу, поперек потока й тіснини. Застогнала і затряслася тухольська долина від страшного удару, далеко перловими краплями бризнула вода потока, і радісним, голосним криком наповнили повітря тухольці. Ворухнулася в своїм таборі сонна монгольська сила, заверещали вартові, загомоніли начальники, забряжчала зброя, але за хвилю все втихло. Монголи надіялись нападу і стояли готові до оборони, але тухольці й не думали нападати на них. Вони зовсім інший напад виконували.

Захар живо, мов молодець, оглянув положення обваленого каменя. Камінь упав так добре, немов від віку сюди був припасований. Острими кінцями він позапинався за вистаючі роги обривів, що творили тіснину, а цілою своєю масою мостом ляг поперек потоку. Правда, води потока він собою не загатив, бо вода плила глибшим коритом,– але ось уже тухольські молодці двигали на руках великі плити, а інші вичищували дно потока від намулу і круглого каміння, щоб зовсім щільно замурувати воді прохід. А інші знов мурували з другого боку, поза каменем, у тіснині, виводячи таким способом з найгрубшого каміння стіну на які три сажні завгрубшки від одної стіни тіснини до другої. Та стіна, а ще з величезним Сторожем у своїй основі, могла безпечно опертися хоч би й найсильнішому напорові води.

– Живо, діти, живо! – заохочував Захар, стоячи над потоком і допомагаючи то своєю радою, то руками до роботи.– Затикайте, замуровуйте потік, поки ще вода не прибула. В горах, мабуть, дощі впали великі, живо прибуде повінь, а тоді трудне було би наше діло. А стіну вивести треба рівно з отсими обривами заввишки,– побачимо, що вдіє сила Чінгісхана проти сили води.

Робота йшла прудко. Незабаром потік був зовсім замурований. Гнівно закрутилася виром на місці спинена вода, мов не розуміючи, пощо се спиняють її в бігу. Люто плюснула хвиля за хвилею о величезний камінь, кинулась було підгризати спідні, на дні покладені плити, шукати між ними проходу, але все було даремно, всюди камінь та й камінь, щільно стиснений і збитий в одну незломну стіну. Заклекотіла вода. Порушилася в усім своїм ложищу – і стала, зачудувана, спокійна на вид, але з гнівом у її кришталевій глибині. Мов тур, готуючись до нападу, стане і голову вниз похилить, і роги до землі згинає, і стишиться, щоб опісля разом вирватись із того приниженого положення і кинутися з цілою силою на противника, так і непривична до пут вода тухольського потока на хвилю притишилася, немов злінивіла, задрімала в плоских своїх берегах, а тимчасом набирала сили і смілості до нового рішучого нападу, і тільки стиха перла собою о стіну, немов пробуючи своїх плечей, чи не зможе ними відсунути кинену їй так несподівано запору. Але ні; запора стояла на місці, зимна, гладка, горда в своїй непорушності, непереможна. Пильні руки тухольців раз у раз скріпляли її, навалюючи каміння на каміння, плити на плити, споюючи їх липкою, непромокальною глиною. Мов нова, всемогучою волею здвигнена скеля, так піднімалася кам'яна гать усе вище й вище під руками тухольців. Узброєні молодці давно вже покинули своє становище в долині, лицем до монгольського табору, і проміняли луки та топори на дрюччя й молотки до оббивання каміння. Радісно глядів Захар на їх роботу і на їх діло, в його очах світилася певність побіди.

А втім, на сході, над монгольським табором, кровавою загравою розжеврілися хмари. Світало. Рожеве світло облило високий шпиль Зеленя і сипалося іскрами чимраз нижче. Далі хмари проступилися, і звільна, мов боязко, викотилося сонце на небо і глипнуло на занятих своєю роботою тухольців. Повен щирої радості, глянув Захар на схід і, простягши руки, проговорив піднесеним голосом:

– Сонце, великий преясний володарю світа! відвічний опікуне всіх добрих і чистих душею! Зглянься на нас! Бач, ми нападені диким ворогом, що понищив наші хати, зруйнував наш край, порізав тисячі нашого народу. В твоїм імені стали ми з ним до смертельного бою і твоїм світлом кленемось, що не уступимо до остатньої хвилі, до посліднього віддиху нашого. Поможи нам у тім страшнім бою! Дай нам твердість, і вмілість, і згоду! Дай нам не злякатися їх многоти і вірити в свою силу! Дай нам дружністю, і згодою, і розумом побідити нищителів! Сонце, я поклоняюсь тобі, як діди наші тобі поклонялися, і молюсь до тебе всім серцем: дай нам побідити!

Він замовк. Слова його, горячі, могучі, тремтіли у свіжім раннім повітрі. Слухали їх не тільки тухольці.

Слухали їх гори і подавали собі їх відгомін від плаю до плаю. Слухала їх сперта хвиля потока і, мов надумавшись, покинула бити собою в кам'яну гать, а повернулася взад.

VIII

Поки боярин вернувся зі свойого невдатного посольства, Максим сидів у його шатрі і прислухувався та думав, що йому робити. Коротка стріча з Мирославою була світлою хвилею серед пітьми його невольництва. Її слова, її погляд, дотик її рук і її вісті – все те немов вирвало його з темного гробу, повернуло йому життя. Він чув, як вертала його давня смілість і надія. Спокійно, але з ясними думками дожидався він боярина.

– Так ти тут? – скрикнув боярин, вступаючи в намет.– Бідний хлопче, даремно я старався о твоє увільнення. Завзятий твій старий! Хоч сивий, а дитина.

– А хіба ж я не казав тобі, боярине, що даремне твоє старання? – відповів Максим.– Ну, але що ж таке сказав мій батько?

– Казав, що будуть битися до остатнього духу та й годі! "Або ми,– каже, – всі поляжемо, або ви".

– Мій батько не на вітер говорить, боярине. Він звик добре передумати, заким що говорить.

– Вже я то бачу, що він хоч потроха, а правду каже,– мовив неохітно боярин.– Але що діяти? Все-таки боротьба тухольців з монголами нерівна. Сила солому зломить, що кажи, те й кажи!

– Ей, боярине! є способи на силу! – відмовив Максим.

– Ну, ну, бачив я їх способи! Моя дочка, запалена голова,– ви вчарували її, то певна річ,– навчила їх робити метавки. Будемо тут мати градок каміння завтра, але не дуже шкідливий градок, бо не вміли добре виплести шнурових пружин.

– А крім метавок, думаєш, не мають іншого способу?

– Не знаю. Бачиться, нема. А втім, не довго й чекати, рано побачимо. Тільки лихо моє з Бурундою; конче налягає: шукай та й шукай способу, щоб завтра рано вивести нас відси без бою і без страти часу. А тут тухольці вперлися, мов цапи рогами. Ну, та що мені зробить? Як не можна, то не можна!

– Ні, боярине, так не кажи! Поки що ти все-таки в монгольських руках, так само, як я. Мусиш волити їх волю.

– Але що ж я їм удію?

– Я, може, міг би тобі стати в пригоді, боярине. Я вдячний тобі за твоє нинішнє милосердя наді мною. Коли хочеш, то я послужу тобі сьогодні.

– Ти? Мені? – скрикнув здивований боярин.– Що ж ти можеш зробити для мене?

– Я знаю стежку з сеї кітловини, безпечну, а скриту, про яку не знає ніхто в Тухлі, окрім мойого батька й мене. Стежки тої не пильнують. Туди можна вивести відділ монголів наверх і обсадити ними вивіз, а тоді легка річ буде розвалити засіки і вийти з сеї долини.

Боярин стояв, мов остовпілий, перед Максимом, ушам своїм віри не няв. "Невже ж се може бути?" – блиснуло в його голові, і знов потемніло, і щось защеміло в його серці. Хоч і як донедавна він ворогував на Максима, то все-таки йому подобалася його рицарська твердість і незломність; тож тепер, коли почув такі Максимові слова, йому здавалося, що в його серці рветься щось глибоке і святе, рветься остатнє пасмо віри в чесність і постійність людей.

–Хлопче,–скрикнув він,–що се ти говориш? Ти мав би хотіти зробити щось подібного?

– А що ж, боярине,– сказав напівсумно, а напівнасмішливо Максим,– сам же ти сказав, що сила солому ломить.

– Але ти, ти, що недавно ще присягався, що "волю, мовляв, умерти, ніж податися на зраду"?

– Що діяти,– сказав знов так само Максим,– як не можна додержати присяги, то не можна!

– І ти, з такою податливою натурою, смієш думати, що моя дочка буде любити тебе? – скрикнув гнівно боярин.

– Боярине,– відказав терпко Максим,– не згадуй про неї!

– А видиш, як тебе се вкололо! – сказав боярин.– Видно, що я правду кажу.

– Хто знає, боярине, хто знає! У нас воєнний час, війна вчить усякої штуки. А що, якби..?

– Якби що? Чому не договорюєш? – скрикнув Тугар Вовк.

– Нічого, нічого! Я тільки ще раз питаю тебе: чи приймеш моє предложення?

– Але чи направду ти думаєш вести монголів проти своїх тухольців?

– Направду, коли тільки буде можна...

– Як то, коли буде можна? То значить, коли стежка не буде пильнована?

– Ні, я за те ручу, що стежка не буде пильнована і що пройдемо в білий день незамічені, коли тільки не буде якої іншої перешкоди.

– А яка ж би могла бути?

– Я... не знаю...

– Коли так, то нічого й баритися довго. Ходімо до Бурунди!

– Іди сам, боярине, і скажи йому те, що я отсе тобі сказав. Про можливу перешкоду не потребуєш згадувати, бо я ще раз ручу тобі, що ані тухольці, ані ніякі інші збройні люди нам не перешкодять, а інші перешкоди чей не злякають ваших смільчаків.

– Нехай і так,– сказав Тугар Вовк.

– І проси його, щоб велів розкувати мене, бо в тих ланцюгах годі мені буде.

– Се розуміється само собою,– сказав боярин і пішов, усяко міркуючи по дорозі.

Які тривожні, які страшні, пекельні хвилі перебував Максим за той час, поки боярин пішов звіщати Бурунду про його намір! Схопивши голову в руки, сидів він у страшній непевності, ловив вухом усякий найлегший шелест, немов ждав приходу когось найдорожчого його серцю. Він тремтів увесь, немов у лихорадці, і сік зубами, мов на морозі. Але хвилі плили так тихо, спокійно, ліниво, і кожда з них мов острими медвежими кігтями впивалася в його серце. А коли так не станеться, як казала Мирослава, і боярин почне налягати, щоб він сповняв свою обіцянку? Ну, звісна річ, смерті йому не минути, на смерть він готов віддавна,– але вмирати, не додержавши слова чоловікові, який на те слово поклався, якого будучність, може, й життя, лежить на тім слові,– вмирати зрадником хоч би тільки в очах зрадника,– се страшно, се мука, се гірше самої смерті. Але й сама смерть була йому тепер, після побачення з Мирославою, далеко страшніша, ніж перед годиною, ніж тоді, коли він сидів серед вулиці і непорушне глядів на пожежу рідної хати, душачися димом тої пожежі... Але що се таке? В тій хвилі задрожала земля, і страшенний лускіт потряс повітрям. Гамір знявся в таборі, крик, брязкіт оружжя – що се таке сталося? Максим зірвався на рівні ноги і сплеснув у долоні, аж забряжчали його пута. Радість, радість! Се тухольці працюють! Се вони будують оту заваду, що спинить монголів і не дасть йому бути зрадником! Тепер йому можна й умерти спокійно, бо він навіть ворогові не зломить свого слова. Серце його билося живо, голосно– він не міг висидіти на місці, але почав ходити по наметі. Гамір у таборі почав стихати, і в тій хвилі вбіг боярин до намету. Лице його яснію радістю і вдоволенням.

– Хлопче,– сказав він живо,– дуже впору прийшло твоє предложення. Воно вирятувало мене з великої біди. Ти чув той гук? Хитрі твої тухольці: роблять засіки і позаду нас. Живо ходи до начальника, він уже збирає відділ, що має йти з тобою. Нам треба швидко видобутися відси – тут небезпечно!

Мов острі ножі, вразили в серце Максима ті слова. Будь-що-будь, а йому треба було припізнити похід аж до тої хвилі, коли він станеться неможливим.

– А се відколи, боярине, ви почали лякатися хлопських засіків? Я не думаю, щоб так нагло яка небезпека грозила монголам. Нехай собі тухольці бавляться засіками,– живо ми зженемо їх із них. А квапитись нам нічого, бо й так, бачиш, ще не розвиднілося. А поки не стане зовсім видно, поти й виходу, про який кажу, не знайдемо.

– Але що ж се за вихід такий, що тільки вдень можна його знайти?

– Слухай, боярине, що за вихід. У нашім огороді, в однім місці під верствою землі, лежить велика плита. Треба винайти се місце, відкопати і відвалити плиту, а тоді ввійдемо до тісного, поміж підземні скали проробленого хідника, який виведе нас аж на гору, просто на Ясну поляну, там, де ти недавно бачив мойого батька.

– Ну, чого ж тут чекати? Ходімо зараз і шукаймо! – скрикнув боярин.

– Добре тобі мовити, боярине, тільки одно забув, що село згоріло, плоти і будинки наші погоріли, знак, по якому можна було пізнати те місце, також згорів, так що напотемки я ніяким світом не знайду його. Та й ще раз кажу: чого квапитися, коли хід наш безпечний і серед білого дня?

– Га, нехай буде по-твойому,– сказав вкінці боярин.– Іду звістити про се Бурунду і зараз пришлю таких, що розкують тебе. Тільки, небоже, ти все-таки лишишся під вартою, бо скажу тобі правду, ані Бурунда, ані я не довіряємо тобі, і скоро би показалося, що ти зводиш нас, то будь певний, що смерти не минеш.

– Я се давно знаю, боярине! – сказав безжурно Максим.

Знов вийшов боярин, і швидко потім ввійшли два монгольські ковалі, розкували Максима і зняли з нього тяжкі ланцюги. Мов на світ народився, таким легким почув себе Максим, позбувшися тих залізних тягарів, що близько добу втискалися йому не лише в тіло, але немовби аж у душу. З легким серцем і повний надії, він пішов під проводом монголів перед намет Бурунди. Бурунда зміряв його від ніг до голови своїми грізними, дикими очима і сказав через товмача – сю послугу сим разом сповняв для обох Тугар Вовк.

– Рабе,– мовив Бурунда.– Я чув, що ти знаєш вихід із сеї долини?

– Знаю,– відказав Максим.

– І готов показати його нам?

– Готов.

– Якої плати надієшся за те?

– Ніякої.

– Для чого ж се робиш?

– З доброї волі.

– Де сей вихід?

– В огороді мойого батька.

– Можеш зараз знайти його?

– Не можу. Все там погоріло, а вихід грубо прикопаний землею. Коли розвидниться, знайду.

– Отсе ж розвиднюється. Йди й шукай! І слухай, що тобі скажу. Коли говориш правду, коли знайдеш вихід, то будеш свобідний, ще й дари одержиш. Коли ж дуриш нас пустими словами, то згинеш у страшних муках.

– Покладаюсь на твоє слово, великий бегадире,– сказав Максим,– покладайсь і ти на моє слово!

– Іди ж шукай виходу. Ось тобі поміч! Я сам іду з тобою.

Як повільно, оглядно йшов Максим! Як старанно обзирав кождий куточок, кождий камінчик, немов стараючись прикликати собі в тямку положення місцевості, змінене вчорашньою пожежею! Хоч до огорода його батька було ще далеко, то він кілька разів зупинявся, прилягав до землі, стукав, шпортав, а все позирав наперед себе, до потока, відки мала прийти для нього поміч. Слимаковим ходом поступав відділ наперед, уже Бурунда почав нетерпитися.

– Не гнівайся, великий бегадире,– сказав Максим.– Учорашня пожежа загладила всі сліди людського життя на тій долині. Годі мені відразу розпізнатися. От зараз і будемо на обійстю мойого батька.

Цікавим оком зиркнув Максим на потік. Господи, тобі слава! Береги вже повнісінькі – ще хвиля, а вода розіллється по долині! Ба, понижче села, при тіснині, вже виднілися широкі річки і ставки, червоні, як кров, від червоності сходового сонця. Тепер, значиться, можна. Швидко попровадив Максим монголів на батьків огород, швидко винайшов місце, де земля глухо стугоніла, а Бурунда, дрожачи з нетерплячки, крикнув монголам, щоб копали. Аж тепер він глипнув кругом і побачив розлиту по рівнині воду.

– Га, а се що? - скрикнув він, знятий якоюсь невиясненною тривогою.

Тугар Вовк і собі ж затремтів. Тільки Максим стояв спокійний, безжурний.

– Нічого, бегадире! Сеї ночі впали дощі в горах, а по кождій зливі наш потік виливає. Але се нічого, сюди не доходить вода ніколи.

– А, так,– сказав Бурунда, перемагаючи в собі тривогу.– Ну, коли так, то копайте далі!

Але Максим мовив неправду. Вода розливалася чимраз ширше по рівнині, і тільки несвідущі та залякані монголи не могли порозуміти, що се не повінь, що вода в потоці зовсім чиста, що не тече наперед, не шумить, тільки дується вгору і розливається з берегів.

Тимчасом копання йшло поволі, хоч монголи трудилися з усеї сили. Аж ось і справді рискалі задудніли о щось тверде. Плита! Але плита показалася широка, ширша, ніж викопана монголами яма. Приходилось розкопувати яму ширше, щоб виняти її, або розбивати плиту. Максим тривожними очима слідив зріст води. Ціла часть долини понижче села була вже залита. Валом котилася вода горі долиною, якраз у противнім напрямі від того, в якім плила відвіку. Аж ось у монгольськім таборі залунали страшні крики. Вода виступила з берегів і тисячними потоками розливалася по таборі.

– Рабе, що се значить? – скрикнув на Максима Бурунда.

– Що ж, бегадире,– відмовив Максим,– видно, велика туча впала в горах, наш потічок дужче виливає, ніж звичайно. Але невже ж вам боятися води, що сягає по кістки? Розбивайте плиту! – скрикнув він до монголів,– нехай побачить великий бегадир, що я не обдурював його!

Загримали монгольські топори о плиту, але плита була груба і міцна, годі було її розбити.

– Гримайте ліпше! – кричав Бурунда, не можучи вже тепер опанувати своєї тривоги на вид тої води, що заливала одностайним озером велику часть тухольської долини і валом котилася просто до них. Але плита була тухольської вдачі і опиралася до остатньої змоги. Та ось вона луснула; ще один дружний удар, і вона, розбита на кусні, впала додолу, а разом з нею впали й ті монголи, що стояли на ній. Темне гирло підземного хідника показалося очам згромаджених.

– Видиш, бегадире! – сказав Максим.– Скажи сам, чи обдурював я тебе?

Але Бурунда якось не радувався відкритим хідником. Валом набігла вода і заплюскотала при ногах монголів. Ще хвиля, і з веселим плюскотом полилася вода в нововідкриту яму.

– Спиніть воду, спиніть воду! – кричав Бурунда, і кинулись монголи гатити воду довкола ями. Але й се вже було запізно. Вода покрила землю, глина розм'якла і розпливалася болотом у руках монголів – така гать не могла спинити води, яка чимраз сильніше, з усіх боків валилася в яму, довго плюскотіла і щезала в ній, поки вкінці не наповнила її зовсім. Мов остовпілі стояли монголи над ямою і дивилися, як вода заливала остатній їх вихід із долини!

– Рабе! – сказав Бурунда до Максима.– Чи се твій вихід?

– Бегадире, чи можу ж я розказувати водам? – відповів Максим.

Бурунда нічого не відповів, а лише дивився кругом на воду, що чимраз грубшою верствою покривала долину. Вже гладким дзеркалом іскрилася вода по цілій долині, тільки де-де визирали, мов невеличкі острови, кусники сухої землі. В монгольськім таборі був крик і замішання, хоч вода доходила монголам ледве до кісток.

– Бегадире,– сказав Максим до Бурунди, бачучи, що той забирається вертати до свойого намету,– пригадую тобі твоє слово. Ти сказав, що як покажу тобі вихід, буду вільний. Я показав тобі вихід.

– І вихід одурив мене. Тоді будеш вільний, як усі вийдемо з сеї долини, не борше!

І Бурунда пішов робити порядок у своїм змішанім війську, а за ним пішла і його дружина.

Монгольське військо стояло довгими рядами, по кістки в воді, сумне, безрадне. Хоч і як мілка була вода, але тота її маса, що вкрила вже всю долину, гладка, прозірчаста, мов блискуче розтоплене скло, і той водопад,

ІВАН ФРАНКО

що, мов світляний стовп, стояв над водяною площею і раз у раз доливав до неї нової води,– от що лякало монголів. Але годі було стояти! Сама тривога, сам вид грізної небезпеки побуджували тих людей до якогось діла, хоч би й безплодного, до руху. Конечно треба було щось зробити, стрібувати щастя, бо інакше,– Бурунда чув се добре – вся та маса монголів піде врозтіч, розбігнеться, гнана власною тривогою. Бурунда велів цілому війську зібратися докупи, збитися в тісну масу.

– Що ви, мужі чи коти, що так боїтеся тих кількох крапель води? Чи такі ж то ріки перебували ми? Що сей потік проти Яїка, і Волги, і Дону, і Дніпра? Не бійтеся, вода по кістки не здужає затопити вас! Далі до вивозу! Нападемо всі збитою масою! Не дбаймо на страти! Побіда мусить бути наша!

Так кричав Бурунда і пішов передом. Двигнулась за ним монгольська сила, бродячи в воді з голосним плюскотом, від якого лунали гори і стогнали ліси. Але на сто кроків від вивозу стрінув їх убійчий град каміння, киданого метавками. Великі кам'яні кругляки, щербате каміння і річний піщаник – усе те валило в збиту громаду монголів, друхотало кості, розбивало голови. Кров'ю зачервонілася вода під їх ногами. Незважаючи на крик Бурунди, військо розскочилося, найбільша частина подалася взад, там, де не могло досягнути її каміння. Вкінці й сам Бурунда з рештою своїх найсміливіших туркоманів мусив відступити, бо град каміння чимдалі ставав дужчий, а монгольські стріли не робили тухольцям ніякої шкоди. Тугар Вовк зирнув пильно на ворожі становища і побачив, що при найбільшій метавці, яка ненастанно кидала то тяжкі брили, то цілі кірці дрібного каміння на монголів, стояла його донька

Мирослава серед кількох вікових уже тухольців і кермувала всіми рухами страшної машини. Максим давно вже побачив її й не зводив із неї очей. Як рад би був він тепер стояти коло неї і слухати її сміливих, розумних розказів і поражати ворога по її показу! Та ба, не так йому судилося! Ось він стоїть сам серед тих ворогів, правда, без кайданів, та все-таки безоружний, невольник, і бажає, щоб хоть камінь, кинений її рукою, закінчив його життя і його муку.

Тугар Вовк сіпнув його за рукав.

– Годі там вдивлятися, хлопче,– сказав він. – Здуріла моя донька, та он що виробляє! Але нам усе-таки круто приходиться. Чи у вас такі повені часто бувають?

– Такі? Ніколи.

– Як то? Ніколи?

– А так, бо се не повінь. Адже ж бачиш, що вода чиста.

– Не повінь? А що ж?

– Хіба ж ти ще не догадався, боярине? Тухольці загатили потік, щоб залити водою долину.

– Загатили! – скрикнув боярин.– Значиться...

– Значиться, вода буде раз у раз більшати поки...

– Поки що?

– Поки всіх нас не затопить. От що!

Боярин кулаком ударив себе в голову.

– І ти се знав наперед?

– Знав, від твоєї доньки. Се, боярине, мій батько таке придумав.

– О, прокляття! І чому ж ти не казав мені сього борше?

– Нащо?

– Ми були б хоч оба спаслися.

– На се ще маємо час,– сказав спокійно Максим.– Тільки держімся разом, і коли б що до чого, не дай мене, боярине, безоружного скривдити.

– Се розуміється,– сказав боярин,–тільки що ж нам робити?

– Поки що нема ще страху,–відказав Максим.– Потік малий, а долина широка, вода прибуває дуже поволі. Але се недовго так буде. Може, за півгодини прибуде з гір правдива повінь і живо наповнить цілу долину. До вечора вже буде по цілій долині води вище, ніж найвищий муж. А нам конче треба продержатися до того часу. Бо поки ще монголи будуть живі, то, певно, не випустять нас живих із своїх рук.

– Але до того часу вони можуть розсікти нас.

– Не бійся, боярине. Чоловік у небезпеці дуже смирний, дбає про себе, а не про смерть іншого. Стараймось тільки винайти для себе безпечне місце, де би нас вода не затопила, як прибуде повінь.

За час тої розмови між боярином і Максимом монголи зовсім уже відступили від берега і стояли серед води, не знаючи, що діяти. Вода сягала вже до колін. Бурунда люто глядів на того несподіваного ворога, що не лякався його гнівного голосу, ані його богатирської руки. Він копав його ногами, плював на нього, ганьбив його найзгірднішими словами, але ворог тихо, спокійно хлюпотів по долині, хвилював легенько, і ріс, і ріс чимраз вище. Вже сягав монголам до колін, утрудняв їм хід, відбирав охоту до бою, ослаблював військову карність. Що се все мало значити? Невже ж вода довго буде ще змагатися? Коли дійде до пояса, то тоді всякий рух буде утруднений, і тухольці своїм камінням повистрілюють їх, мов качок! Але вода ще була чиста, ясна; тільки там, куди брели монголи, стояли широкі болотяні калюжі.

Тугар Вовк приблизився до Бурунди.

– Великий бегадире,– сказав він,– ми в великій небезпеці.

– Чому? – спитав грізно Бурунда.

– Сеся вода не буде опадати, бо наші вороги загатили потік, щоб затопити в тій долині всю монгольську силу.

– Га! – скрикнув Бурунда.– І ти, рабе поганий, смієш мені говорити се, коли сам запровадив нас у сесю западню?

– Зважай, великий бегадире, що я не міг для зради запровадити вас сюди, бо що вам грозить, те грозить і мені.

– О, я знаю тебе! Ти ж і сеї ночі ходив до них торгуватися за згубу монголів.

– Коли б я в тій цілі ходив, то чи думаєш, бегадире, що, знаючи згубу монголів, я був би вертався гинути разом з ними?

Бурунда вспокоївся троха.

– Що ж нам діяти? – спитав він.–Невже ж таки так гинути?

– Ні, нам треба боронитися. Ще хвиля, бегадире, а тоді прийде з гір правдива повінь, і вона швидко наповнить сесю долину. Проти неї передовсім треба боротися нам.

– Але як?

– Вели свойому війську, поки вода прозірчаста, збирати з дна каміння і класти на купи, високо, понад поверхність води. Стоячи на них, ми зможемо оборонитися й від слабшого ворога – тухольців.

Не роздумуючи довго, видав Бурунда військуна наказ збирати каміння і класти на купи, кождий відділ для себе. Той наказ, що не грозив ніякою небезпекою, подобався монголам, а надія стояти на сухім і не лазити повиш колін у воді додала їм духа. З радісним криком вони кинулися врозбрід по долині, збираючи каміння і стягаючи його на купи. Тухольці стояли на своїх стінах довкола озера і реготалися, дивлячись на їх роботу.

– Сюди, сюди! – кликали вони монголів.– У нас каміння досить, усіх вас обділимо!

Але коли деякі монголи надто наближалися до їх становищ, зараз скрипіла машина і жужмом летіло каміння на нещасних, що, бродячи в глибокій воді, ховалися, мордувалися, а втікати не могли. Хотя-не-хотя мусили тепер монголи держатися на середині долини, здалека від тухольських метавок. Бурунда трохи не сказився в своїй немочі, видячи гордість, чуючи насміхи тухольців.

– Ні, се не може бути! – скрикнув він.– Гей, до мене, мої вірні туркомани!

Найсміліший відділ монгольського війська зібрався довкола нього,– хлопи, як дуб'я, як степові тигри, з яких шкіри мали понапинані на собі. Він попровадив їх проти одного тухольського становища, висуненого наперед, самітного, на острім, щербатім обриві. Невеличка купка тухольців стояла там коло нової метавки.

– Затроєними стрілами на них! – крикнув Бурунда, і, мов шершені, засвистіли стріли в повітрі. Зойкнули поранені тухольці і замішалися, а монголи з радісним криком поступили наперед.

– Не давайте їм громадитися! – крикнув Бурунда.– Не давайте їм кидати на нас каміння. Тут можемо вкріпитися.

І він поділив свій відряд на дві половини: одна мала ненастанно стріляти на вороже становище, а друга – громадити на купу каміння для охорони від води. Тугар Вовк і Максим, котрих Бурунда невідлучно провадив із собою, також прикладали рук до роботи, зносили каміння і скидали його на купу. Але ся робота ставала чимраз труднішою. Вода доходила вже до пояса. Почало неставати каміння, а купа ще не досягала до поверхні води. Бурунда командував над стрільцями. Вже десять тухольців було ранених; вони конали від страшної гадючої отрути, що дісталась їм у кров – на ті рани даремні були всі ліки Захара Беркута.

– Покиньте, діти, се становище! – сказав Захар.– Нехай він стоїть собі тут перед стрімкою стіною! Вирятуватись туди не зможе, а ще до того маючи воду під ногами!

Тухольці покинули становище. Втішно бродили монголи по воді, зносячи каміння на купу. Вкінці каміння зовсім нестало.

– Годі вам, хлопці, тягати каміння,– сказав до своїх вояків Бурунда.– Стрільці з луками, ставайте на купу і стріляйте на тих хлопів! Решта за мною! Мусимо здобути се становище, видряпатися горі сею стіною, хоч нехай тут і небо валиться! Ви, раби, також зі мною! Показуйте дорогу!

– Бегадире,– сказав Максим через уста Тугара Вовка,– туди дарма нам дертися, туди нема стежки вгору.

– Мусить бути! – скрикнув Бурунда і кинувся в воду, а за ним його туркомани. Грунт у тім місці був нерівний. Монголи ховзалися, падали,– вода, рушана легким вітром, билась сильними хвилями о стрімкі скали і утруднювала їм дорогу. Хоч від монгольського становища до берега було не дальше, як двісті кроків, усе ж таки вони майже півгодини потребували, щоб дійти туди. Тільки ж під самою скалою вода була ще глибша, майже по пахи, а стежки горі скалою не було ніякої. Зате з сусідніх тухольських становищ летіло каміння на смільчаків, і хоч більша його частина даремно гримала о скалу або падала в воду, то все ж становище Бурунди в тім місці було дуже невигідне й некорисне.

– Може, твої молодці вміють добре лазити,– кепкував собі Максим,– туди горі сею стіною можна видряпатися наверх.

Але нікотрий із туркоманів-степовиків не вмів дряпатися горі стрімкими кам'яними стінами.

– Коли так,– сказав Максим,– то позволь, бегадире, мені першому вилізти і показати вам дорогу!

Але Бурунда вже й не слухав тих слів, що іншого надумуючи. Він знов розділив свою дружину надвоє: одну часть лишив на здобутім становищі, за захистом вистаючого скального ребра, а з другою часткою, під проводом Максима й Тугара Вовка, пішов дальше, шукати кориснішого місця. Але скоро тільки купа їх, по пояс бродячи в воді, вихилилася з-за захищеного приберіжка, коли разом із гори, з тухольських машин, посипалося на них каміння. Майже половина цілої громадки відразу полягла головами,– решта мусила вертатися.

– Ходімо на своє безпечне становище, бегадире,– сказав Тугар Вовк.– Чи чуєш, який шум і крик по долині,– мабуть, повінь зближаєтьсяі

Боярин сказав правду. Страшний шум водопаду, від котрого аж земля дриготіла, звіщав, що вода прибула велика. Каламутним валом котилися від водопаду величезні хвилі; ціла поверхня широкого озера збентежилася, покрилася піною. Замість чистого, спокійного дзеркала бушували тепер люті води, крутилися з шипотом вири, гойдалося і билося в кам'яних берегах розбурхане море. Страшно було глянути тепер по долині! Тут і там, мов чорні острови, виднілися з води купи монголів. Ані сліду якого-будь військового порядку не було вже між ними. Мов полова, розсіяна з купи буйним вітром, так розсіялась їх сила по долині, борючись із хвилями, десь-кудись з трудом прямуючи, кричачи і проклинаючи. Ніхто нікого не слухав, ні про кого не дбав. Одні стояли на нагромаджених купах каміння, щасливі, що хоч на хвилю були забезпечені від напору води. Інші тонули в воді по пахи, по шию, підпираючись на свої списи або махаючи вгору своїми луками. Але більша часть покидала луки, котрі, мов солома, крутилися в вирах. Деякі скидали з себе кожухи і пускали їх з водою, хоч самі сікли зубами з зимна, бажаючи тільки влегшити себе як-небудь. Котрі були нижчого росту, чіпалися високих і валили їх із ніг, разом з ними ще в воді шемечучись та борикаючись. Деякі пускалися вплав, хоч самі не знали, куди й за чим плисти, бо опори не було ніде ніякої. Купи каміння, накидані серед поля в остатній хвилі, могли помістити на собі тільки невеличке число щасливців, і ті були метою смертельної завісти, безтямних проклять з боку тих, що потопали. Довкола кождої купи тиснулись їх тисячі, скажених, ревучи, домагаючись і собі стояти на безпечнім місці. Даремно ті, що стояли на камінню, толкували їм, що купа не може помістити всіх, що комусь же треба гинути – ніхто не хотів гинути, всі дерлися на каміння. Ті, що стояли на купах, мусили боронитися від того напору, не хотячи самі гинути. Загримали молоти і топори монгольські о руки й черепи самих же монголів. Брат не знав брата в тій страшній хвилі близької смерті; товариш мордував товариша з більшою лютістю, ніж мордував би ворога. Ті з потопаючих, що стояли ззаду, ближче несхибної водяної смерті, тислися наперед; ті, що стояли при самих купах, виставлені на удари своїх товаришів, з зойком перлися взад; середні ревіли з болю й тривоги, стиснені з усіх боків, вдавлювані й задніми й передніми в воду. Деякі, вже тонучи, хапалися ще під водою за навалене в купи каміння і своїми судорожними рухами виривали його з місця. П'ять куп завалилося, і всі, що стояли на них, попадали в воду, зрівнялися з тими, від кого боронилися. А ті знов, нещасні, безумні з смертельної тривоги, за кождим разом піднімали радісний окрик, коли нова купа розвалювалась і нові жертви падали в пащеку страшного, безжалісного ворога. Деякі попадали в правдиву манію вбивання та нищення. Ось один, ростом велетень, з посинілим лицем, з затисненими зубами і покусаними до крові губами, наосліп валить своїм топором по головах своїх товаришів, хто тільки підпадеться йому під руки, а коли ніхто не підпадається, валить по кровавих, клекочучих і запінених хвилях. Другий, регочучись істерично, спихає в воду тих, кому вдалось стати на якім підвищенню, на камені, на трупі товариша. Третій ричить, мов віл, і гримає ззаду потопаючих у плечі, мов рогами. Інший, закленувши руки над головою, ридає, скиглить, пищить, мов дитина. Деякі, нічого не бачучи, крім неминучої смерті, вдираються на голови своїм товаришам, чіпаються їх волосся, пригинають їх додолу і тонуть разом з ними. Мов риби на терлі, спершися в тіснім шипоті, тиснуться, плюскочуть, виставляють голови з води, то знов тонуть, каламутять воду і хапають рознятими ротами повітря,– так і тут, серед великого, каламутного, розбурханого озера, кишіли, мордували себе, тонули, то знов на хвилю вихапувались із води, махали руками та головами і знов тонули й гибли сотки, тисячі монголів. Німо, непорушно, мов дерев'яні стовпи, стояли на берегах тухольці; навіть найзавзятіші не могли без дрожі, без зойку, без сліз глядіти на ту громадну загибіль людей.

Мов остовпілий, глядів на сю страшну картину Бурунда-бегадир. Хоч йому самому грозила не менша небезпека, хоч вода у його людей сягала вже по пахи, а бистрі течії, що потворилися в воді, валили їх із ніг і нагадували їм наглу потребу повороту на своє безпечне становище,– то прецінь довгу хвилю Бурунда стояв на місці, рвучи собі волосся і видаючи з горла страшні, беззв'язні окрики на вид загибелі свойого війська. Ніхто не смів обізватися до нього словом у тій страшній хвилі: всі стояли довкола нього, тремтячи, борикаючись з надсильним ворогом – водою.

– Ходімо! – сказав наостатку Бурунда. І вони почали простувати до тої купи каміння, яку виставили туркомани проти здобутого тухольського становища. Та й пора була! Вода змагалася чимраз дужче. Між ними і їх становищем утворився широкий вир, який вони могли перебути тільки купою, побравшися за руки. Тільки велетень Бурунда йшов передом сам, могутніми грудьми розбиваючи люті хвилі. Мов островець серед моря, стояла горстка вояків на їх становищу, по пояс у воді, з луками, все ще нап'ятими й виміреними на опущене тухольське становище. У тих небезпека не знищила військового послуху. На щастя, сеся купа каміння була більша від інших, зложена з великих брил і плит, які лише в воді можна було так легко піддвигнути. Більше як сто люда могло вигідно стояти на ній у бойових поставах, а якраз стільки було людей довкола Бурунди, не числячи тих, яких він лишив під скалою. Ставши на тій купі, легше якось відітхнули товариші Бурунди. Поперед усього вони позирнули на тих своїх товаришів, що лишили їх були під скалою, числом сорок хлопа. В тім місці шаліла тепер люта хвиля, розбиваючись о зубці скали і прискаючи далеко срібною піною. З туркоманів не було вже ані сліду, тільки часом, коли хвиля на момент уляглася, щось чорнілося на сірім камені: се буз одинокий живий іще чоловік із тої дружини, заков'язлими пальцями він держався скали, хоч як шарпала і рвала його люта хвиля. Він не кричав, не кликав рятунку, тільки гойдався за кождим приливом води, поки вкінці й він не щез, мов листок, сполосканий водою.

Бурунда, німий, синій з натуги і злості, зирнув довкола по долині. Страшні крики і зойки стихли вже. В вирах купами крутилися трупи, де-де виставляючи з води то затиснені п'ястуки, то ноги, то голови. Тільки десять куп, мов десять чорних островів, стояло ще живих на своїх кам'яних баштах, але й то вже було не військо, а тільки залякані, безсильні, безоружні недобитки, тремтячі й розбиті розпукою. Хоч одні з другими могли перекликатися, але помогти одні одним не могли і, чи в купах, чи поодинцю, були однаково безрадні, ждали одної неминучої загибелі.

IX

– Як думаєш, боярине? – спитав нараз Бурунда Тугара Вовка.– Що буде з нами?

– Всі погинемо,– відповів Тугар Вовк спокійно.

– І я так думаю, – потвердив Бурунда. – І що найдужче мене лютить, так се те, що погинемо без бою, без слави, мов коти, кинені в ставок!

Боярин нічого не відповідав на се. Нові події звернули всіх увагу на себе. Тухольці, очевидно, не хотіли дожидати, аж поки вода настільки прибуде, щоб спокійно витопити нужденні останки монголів. Їм квапно діялося доконати ворога. В лісі повище потока їх молодці рубали грубі ялиці, заострювали їх з обох кінців, мов палі, прив'язували до обрубаних із гілля пнів важке каміння, щоб ті новомодні стіноломи плили попід водою, і, виждавши відповідну хвилю, коли серединою озера зробилася від водопаду прудка течія просто до монгольських становищ, почали долі потоком пускати ті пні. Зараз перший із них із страшною силою своїм острим рогом ударив об одну купу, на якій стояли монголи. Загуркотіло під водою каміння а, натиснене зверху монгольськими ногами, зрушене зі свойого становища, розсунулося. З голосним криком попадали монголи в воду. Два чи три з них напали в воді на зрадливу ялицю і вчепилися за неї. Течія хопила їх ураз із ялицею і понесла геть на широку воду, поки не попала на вир, який закрутив ялицею і поставив її сторчака. Монголи попадали в воду і вже більше не показувалися. А інші монголи, що їх так нечайно зопхнуто з їх становища, метушилися на місці, толочили одні одних у воду або просили у інших рятунку. Два чи три, очевидно, добрі пливаки, пустилися вплав до берега, але й тут не минула їх смерть: кілька великих каменів, кинених із берега, зробили конець їх плавбі. Тільки немногих приняли товариші на сусідні становища. Але недовго й тут вони були безпечні. Тухольці, бачучи добру вдачу своєї першої проби, почали пускати таран за тараном. Та вже ті тарани не робили ніякої шкоди монголам: течія проносила їх поуз монгольських становищ.

Тоді нову раду дала їм Мирослава: збивати по кілька таких пнів докупи, спускати таку плоть на ужві долі водопадом, а потім, притягнувши до берега, ставити на кожду по десять щонайсильніших і добре узброєних молодців, а двом довгими жердками кермувати плотину проти монгольських становищ. Живо готові були дві такі плоті, спущені вниз водопадом, котрий тепер зробився о половину нижчий, ніж був при низькім стані води. Вже двадцять сміливих молодців стало на плотях і виплили до бою з монголами. Се був легкий, хоч і рішучий бій. Перша купа монголів, на яку вони вдарили, була майже безоружна, злякана, безсильна. Вони живо дрюками поспихали тих нещасних у воду, а тих, що опиралися, позшибали стрілами та списами. Жалібно заревли монголи на інших становищах, видячи неминучу загибіль. Бурунда, побачивши ворогів і таке їх войовання, аж зубами заскреготав і за зброю вхопився, але його гнів був даремний; навіть затроєні стріли його туркоманів не могли досягнути смілих тухоль-ців. Приходилось завзятому бегадирові без діла стояти по груди в воді і дивитися, як тухольці становище за становищем розбивали останки монгольської сили. А тухольці тимчасом бушували по воді. З затисненими зубами, присідаючи на своїх плотах, наближалися вони до монголів. Декуди стрічали завзятий опір; кров плила, зойки лунали з обох боків, трупи падали з плотин і з кам'яних башт, але сила монголів була зломана, їх опір був короткий. Немов огонь, пущений по скошеній сіно-жаті, повзе покіс за покосом і злизує копицю сухого сіна за копицею,– так тухольці спихали монголів з одного становища за другим у воду, в холодні обійми смерті. Всі погибли, до остатнього; з купи чорних острівців насеред озера не лишилось ані сліду. Тільки віддалік, наприбоці, недалеко берега стояла ще одна купа, немов остання чорна скала, вистаючи з-посеред повені. Се був відділ Бурунди. Сотня туркоманів, Тугар Вовк і Максим – се був єдиний останок великої монгольської сили, що мала тухольським шляхом іти в угорську землю і тут, серед гір, знайшла холодний гріб у водах, хоч переплила Яїк і Волгу, Дон і Дніпро. Остання жертва смерті, ота сміла горстка стояла серед води, без надії рятунку, з одиноким бажанням – дорого продати своє життя в бою.

Вся тухольська громада зібралася тепер перед тим остатнім ворожим становищем. Спустили ще дві плоті, щоб, окружаючи ворогів, турбували їх іззаду стрілами; але і спереду, з берегів, градом летіли тухольські стріли й каміння на ворогів. Та більша часть тих стріл не долі-тала навіть до становища Бурунди; інші, хоч і долітали, не могли зробити туркоманам ніякої шкоди. Ближче ж підступати тухольці боялися задля затроених стріл, а швидко, видячи нешкідливість свойого стріляння, покинули тоту роботу і стояли спокійно. Високо на скалі стояв старий Захар, не зводячи очей із свого сина, що стояв між ворогами і зручними рухами обминав густі стріли та каміння. А віддалік, серед тих, що стріляли, стояла Мирослава, а погляди її летіли бистріше, ніж її стріли, в ворожу купу, серед якої тепер стояло все, що було найдорожче їй у життю: батько й Максим. За кождою пущеною з тухольських луків стрілою завмирало її серце.

Навкучило молодцям, що стояли на плотях, стріляти звіддалік даремно. Вони зібралися на відвагу і рушили ближче. Туркомани стрінули їх своїми стрілами і ранили кількох; але живо тухольці завважили, що у ворогів не стало вже того страшного оружжя, і з грізним криком кинулися на них. Мовчки дожидали туркомани їх нападу, тісно збиті один при другім, опираючись і тухольцям, і водяним валам. Але тухольці, наблизившись до них на два сажні, кинули своїми рогатинами, прип'ятими у кожного довгим ремінним припоном до руки. Десять ворогів зойкнуло в один час; десять тіл повалилося в воду. Знов кинули молодці свої рогатини, і знов упало кілька ворогів.

– Прокляття на вас! – кричав Бурунда. – Вони так і всіх нас видзьобають, хами погані!

Але його гнів був тепер, як пустий вітер, що шумить, а нікому не шкодить. Тухольські молодці з криком, мов ворони, кружили довкола становища ворогів, то тут, то там разячи одного або другого добре виміреним покидом рогатини. Оборона сталася для монголів неможливою. Приходилось їм стояти спокійно, мов зв'язаним, і ждати смерті.

– Бегадире,– сказав до Бурунди Тугар Вовк, – чи не можна нам як-небудь спасти своє життя?

– Нащо? – сказав понуро Бурунда.

– Все ж таки життя краще, ніж смерть!

– Правду кажеш,– сказав Бурунда, і очі його заблищали не жадобою життя, але радше жадобою пімсти.– Але що ж нам діяти? як рятуватися?

– Може, схочуть тепер за свого полоняника дарувати нам життя і вольний вихід?

– Спробуймо! – сказав Бурунда і, вхопивши рукою за груди Максима, витяг його перед себе. Біля нього став Тугар Вовк і почав махати білою хусткою.

– Тухольці! – закричав він, звертаючись до берега.

Тихо стало довкола.

– Кажи їм, що, коли хотять мати сього раба живого між собою, нехай дарують нам життя і пустять свобідно! Коли ж ні, то ми зуміємо загинути, але й йому, тут-таки перед їх очима, смерть буде.

– Тухольці! – кричав Тугар Вовк. – Начальник монголів обіцює вам віддати вашого полоняника живого й здорового і жадає, щоб ви за те нас, кілько нас іще лишилося, випустили живих і здорових із сеї долини! В противнім разі жде вашого сина несхибна смерть.

Немов хотячи доочне показати їм усю правдивість тої погрози, Бурунда підняв свій страшний топір над головою безоружного Максима.

Вся громада стала мов без духа. Затремтів старий Захар і відвернув очі від того виду, що різав його серце.

– Захаре,– сказали старі тухольці, обступаючи його.– ми думаємо, що можна прийняти се предложення. Сила монгольська знищена, а тих кілька людей не можуть нам бути страшні.

– Не знаєте ви, браття, монголів. Між тими кількома людьми є їх найстрашніший начальник, і сей ніколи не дарує нам загибелі свойого війська. Він наведе нову силу на наші гори, і хто знає, чи ми тоді другий раз розіб'ємо її.

– Але твій син, Захаре, твій син! Уважай, що його жде загибіль! Глянь, сокира над його головою!

– Нехай радше гине мій син, ніж задля нього має уйти хоч один ворог нашого краю!

З плачем наблизилася Мирослава до старого Захара.

– Батьку! – ридала вона.– Що ти думаєш робити? За що ти хочеш погубити свого сина і... і мене, батьку? Я люблю твого сина, я присягла з ним жити і йому служити! Хвиля його смерті буде й моєю смертю!

– Бідна дівчино, – сказав Захар, – що я можу тобі порадити? Ти знаєш тільки чорні очі та стан хороший, а я дивлюсь на добро всіх. Тут нема вибору, доню!

– Захаре, Захаре,– говорили громадяни,– всі ми уважаємо, що досить того знищення, що сила ворожа вломана, і громада не бажає смерти тих остатніх. У твої руки складаємо долю їх і долю твого сина. Змилуйся над своєю власною кров'ю!

– Змилуйся над нашою молодістю, над нашою любов'ю! – ридала Мирослава.

– Можеш обіцяти їм на словах усе, щоб лише віддали тобі сина,– сказав один із загірних молодців.– Скоро тільки Максим буде свобідний, ти лише кивни на нас, а ми всіх інших пішлемо на дно раків годувати.

– Ні! – сказав обурений Захар,– се було б нечесно. Беркути додержують слова навіть ворогові і зрадникові. Беркути ніколи не сплямують ні своїх рук, ні свого серця підступно пролитою кров'ю! Досить, діти, тої бесіди! Заждіть, я сам пішлю їм відповідь своєю рукою!

І, відвернувши своє лице, він пішов до машини, на якої вaресі лежав величезний камінь, і сильною, недрожачою рукою взяв за ужовку, що придержувала тоту вареху в плоскім положенню.

– Батьку, батьку! – кричала Мирослава, рвучись до нього.– Що ти хочеш робити?

Але Захар, мов не чув її крику, спокійно намірював вареху на ворогів.

Тимчасом Бурунда і Тугар Вовк дармо ждали на відповідь тухольців. Похиливши голову, спокійно, рішившись на все можливе, стояв Максим під піднесеною сокирою Бурунди. Тільки Тугар Вовк, не знати чого, тремтів цілим тілом.

– Е, що нам так довго ждати! – скрикнув наостанку Бурунда.– Раз мати родила, раз і гинути прийдеться. Але поперед мене гинь ти, рабе поганий!

І він із страшенною силою замахнувся, щоб сокирою розлупати Максимову голову.

Але в тій хвилі блиснув меч Тугара Вовка понад Максимовою головою, грізна, вбійча рука Бурунди враз із топором, відтята одним замахом від рамені, впала, оббризкана кров'ю, мов сухе поліно, в воду.

Ревнув з лютості і з болю Бурунда і лівою рукою стис Максима за груди, а його очі з виразом пекельної ненависті звернулися на зрадливого боярина.

Але в тій самій хвилі Максим похилився і з цілою можливою натугою вдарив страшного туркомана головою і плечима в лівий бік так, що Бурунда від сього удару стратив рівновагу і покотився в воду, потягнувши за собою й Максима.

А в слідуючій хвилі зашуміло повітря, і величезний камінь, кинений з тухольської метавки руками Захара Беркута, з лускотом грюкнув на купку ворогів. Бризнула аж до хмар вода, загуркотіло каміння, роздираючий серце зойк залунав на березі,– і за кілька хвилин гладка й тиха вже була поверхня озера, а з Бурундової дружини не було ані сліду.

Мов мертва, без духа стояла над берегом тухольська громада.

Старий Захар, досі такий сильний і незломний, тепер тремтів, мов мала дитина, і, закривши лице руками, ридав тяжко. При його ногах лежала зомліла, непорушна Мирослава.

А втім, радісний крик залунав іздолу. Молодці, що плавали на плотах, наблизившись до того місця, де потонув Максим з Бурундою, разом побачили Максима, як виринав із води, здоровий і сильний, і повітали його веселим криком. Радість їх живо уділилася цілій громаді. Навіть ті, що потратили своїх синів, братів та мужів, і ті радувалися Максимом, немов з його поворотом повертали всі дорогі серцю, страчені в бою.

– Максим живий! Максим живий! Гурра, Максим! – залунали громові окрики і понеслися широко по лісах і горах.– Батьку Захаре! твій син живий! твій син вертає до тебе!

Тремтячи з глибокого зворушення, з сльозами на старечих очах, піднявся Захар.

– Де він? де мій син? – спитав він слабим голосом.

Весь мокрий, але з лицем, роз'ясненим радістю, вискочив Максим із плоті на беріг і кинувся до ніг батькові.

– Батьку мій!

– Синку, Максиме!

Більше не міг сказати ні один, ні другий. Захар захитався і впав у могутні Максимові обійми.

– Батьку мій, що тобі такого? – скрикнув Максим, бачучи смертельну блідість на його лиці і чуючи ненастанну дрож, що потрясала його тілом.

– Нічого, синку, нічого,– сказав потихо, з усміхом Захар.– Сторож кличе мене до себе. Чую його голос, синку. Він кличе до мене: "Захаре, ти зробив своє діло, пора спочити!"

– Батьку, батьку, не говори того! – ридав Максим, припадаючи коло нього. Старий Захар, спокійний, усміхаючись, лежав на мураві, з лицем проясненим, зверненим до полуденного сонця. Він легко відняв руку свойого сина від своєї груди і сказав:

– Ні, синку, не ридай за мною, я щасливий! А глянь лише тут обіч. Тут е хтось, що потребує твоєї помочі.

Озирнувся Максим і задубів. На землі лежала Мирослава, бліда, з виразом розпуки на прегарнім лиці. Вже молодці принесли води, і Максим кинувся відтирати свою милу. Ось вона дихнула, створила очі і знов зажмурила їх.

– Мирославе! Мирославе! серце моє! – кликав Максим, цілуючи її руки,– прокинься!

Мирослава мов пробудилась і здивованими очима вдивлялася в Максимове лице.

– Де я? що зо мною? – спитала вона слабим голосом.

– Тут, тут, між нами! коло твойого Максима!

– Максима? – скрикнула вона, зриваючися.

– Так, так! гляди, я живий, я свобідний!

Довго-довго мовчала Мирослава, не можучи прийти до себе з дива. Втім разом кинулася на шию Максимові, а гарячі сльози бризнули з її очей.

– Максиме, серце моє!..

Більше не могла нічого сказати.

– А де мій батько? – спитала по хвилі Мирослава.

Максим відвернув лице.

– Не згадуй про нього, серце. Той, що важить правду й неправду, важить тепер його добрі і злі діла. Молімося, щоб добрі переважили.

Мирослава обтерла сльози з своїх очей і повним любові поглядом глянула на Максима.

– Але ходи, Мирославе,– сказав Максим,– ось наш батько, та й той покидає нас.

Захар глядів на молоду пару ясними, радісними очима.

– Клякніть коло мене, діти,– сказав він потихо, слабим уже голосом.– Доню Мирославе, твій батько поляг,– не судім, чи винен, чи не винен,– поляг так, як полягли тисячі інших. Не сумуй, доню! Замість батька доля дає тобі брата...

– І мужа! – додав Максим, стискаючи її руку в своїй.

– Нехай боги дідів наших благословлять вас, діти! – сказав Захар.– В тяжких днях звела вас доля докупи і злучила ваші серця, і ви показалися гідними перестояти й найстрашнішу бурю. Нехай же ваш зв'язок в нинішню побідну днину буде порукою, що й наш народ так само перебуде тяжкі злигодні і не розірве свого сердечного зв'язку з чеснотою й людяним норовом!

І він холодними вже устами поцілував у чоло Мирославу й Максима.

– А тепер, діти, встаньте і підведіть мене крихіточку! Я хотів би ще перед відходом сказати дещо до громади, якій я старався щиро служити весь свій вік. Батьки і браття! нинішня наша побіда – велике діло для нас. Чим ми побідили? Чи нашим оружжям тілько? Ні. Чи нашою хитрістю тілько? Ні. Ми побідили нашим громадським ладом, нашою згодою і дружністю. Уважайте добре на се! Доки будете жити в громадськім порядку, дружно держатися купи, незломно стояти всі за одного, а один за всіх, доти ніяка ворожа сила не побідить вас. Але я знаю, браття, і чує се моя душа, що се не був остатній удар на нашу громадську твердиню, що за ним підуть інші і вкінці розіб'ють нашу громаду. Погані часи настануть для нашого народу. Відчужиться брат від брата, відмежиться син від батька, і почнуться великі свари і роздори по руській землі, і пожруть вони силу народу, а тоді попаде весь народ у неволю чужим і своїм наїзникам, і вони зроблять із нього покірного слугу своїх забагів і робу-чого вола. Але серед тих злиднів знов нагадає собі народ своє давнє громадство, і благо йому, коли скоро й живо нагадає собі його: се ощадить йому ціле море сліз і крови, цілі століття неволі. Але чи швидше, чи пізніше, він нагадає собі життя своїх предків і забажає йти їх слідом. Щаслив, кому судилося жити в ті дні! Се будуть гарні дні, дні весняні, дні відродження народного! Передавайте ж дітям і внукам своїм вісти про давнє життя і давні порядки. Нехай живе між ними тота пам'ять серед грядущих злиднів, так, як жива іскра не гасне в попелі. Прийде пора, іскра розгориться новим огнем! Прощайте!

Важко зітхнув старий Захар, зирнув на сонце, всміхнувся, і по хвилі вже його не стало.

Не плакали за ним ні сини, ні сусіди, ні громадяни, бо добре знали, що за щасливим гріх плакати. Але з радісними співами обмили його тіло і занесли його на Ясну поляну, до стародавнього житла прадідівських богів, і, зложивши його в кам'яній контині, лицем до золотого образа сонця, вміщеного на стелі, потім привалили вхід величезною плитою і замурували.

От так спочив старий Захар Беркут на лоні тих богів, що жили в його серці і нашіптували йому весь вік чесні, до добра громади виміряні думки.

Багато змінилося від того часу. Аж надто докладно збулося віщування старого громадянина. Великі злигодні градовою хмарою перейшли понад руською землею.

Давнє громадство давно забуте і, здавалось би, похоронене. Та ні! Чи не нашим дням судилось відновити його? Чи не ми се жиємо в тій щасливій добі відродження, про яку, вмираючи, говорив Захар, а бодай у досвітках тої щасливої доби?

Нагуєвичі, дня 1/X-15/XI 1882.

ПРИМІТКИ

Повість була надрукована вперше в 1883 році в ж. "Зоря" .№№ 7–15. Того ж року вийшла окремим відбитком з журналу (Львів, накладом редакції "Зорі", 184 с.).

У другому виданні повісті (Львів, 1902, накладом Українсько-руської видавничої спілки, 224 с.) І. Франко виправив не лише мову, орфографію, пунктуацію, а й зробив незначні зміни в тексті, переніс епіграф з Пушкіна: "Дела давно минувших дней, Преданья старины глубокой" на кінець передмови, в попередньому виданні епіграф стояв перед першим розділом повісті.

У першому і другому виданнях повісті друкувалася передмова. Ось її текст з другого видання.

"Повість історична – се не історія. Історикові ходить передовсім о вислідження правди, о сконстатування фактів, натомість повістяр користується тільки історичними фактами для своїх окремих артестичних цілей, для воплочення певної ідеї в певних живих, типових особах. Освічення, характеристика, мотивовання і групування фактів у історика і в повістяра зовсім відмінні: де історик оперує аргументами і логічними висновками, там повістяр мусить оперувати живими людьми, особами.

Праця історична має вартість, коли факти в ній представлені докладно і в причиновім зв'язку; повість історична має вартість, коли її основна ідея зможе заняти сучасних живих людей, то значить, коли сама вона жива й сучасна.

Представлення давнього громадського життя нашої Русі єсть, безперечно, таким предметом живим, близьким до сучасних інтересів. Настільки мені удалось віддати дух тих давніх замерклих часів, нехай судить критика. В деталях я позволив собі доповнювати історичний скелет поетичною фікцією. Головна основа взята почасти з історії (напад монголів і їх ватажок Пета), а почасти з переказів народних (про потоплення монгольської ватаги і ін.). Дієві особи зрештою видумані, місцевість списана по можності вірно.

Львів, дня 1 грудня 1882”.

Крім цієї передмови, до другого видання письменник додав ще таку замітку:

“Випускаючи в світ “Захара Беркута” другим виданням двадцять літ по виході першого видання, я обмежуюсь на виправленню язика відповідно до того поступу, який зробила наша літературна мова протягом сих двадцятих літ.

Криворівня, 1 серпня 1902”.

Повість друкується за виданням творів І. Франка в двадцяти томах, т. VI, К., 1951, с. 7–140

www.glagoslav.nl